UNE AUTRE HISTOIRE DU XXe SIÈCLE
DE L'ACTUALITÉ À L'HISTOIRE

1900/1910
UNE PRESQUE BELLE ÉPOQUE

SOMMAIRE

I/SCÈNE DU MONDE

II/SOCIÉTÉ

ANNEXES

UNE AUTRE HISTOIRE DU XXe SIÈCLE
DE L'ACTUALITÉ À L'HISTOIRE

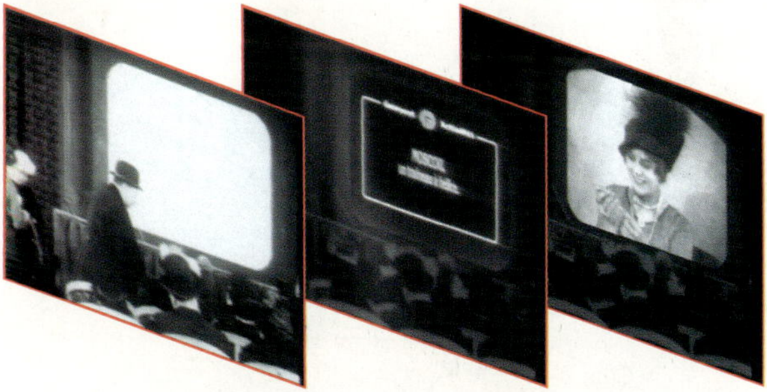

1900/1910

UNE PRESQUE BELLE ÉPOQUE

Michel Pierre

DÉCOUVERTES GALLIMARD

LE MONDE EN 1900

En 1900, le monde, qui compte 1,5 milliard d'habitants, apparaît comme dominé par l'Europe. Les drapeaux du Vieux Continent flottent sur la presque totalité du continent africain, la plus grande partie de l'Asie et l'ensemble de l'Océanie. Seuls les Etats-Unis, qui contrôlent le continent américain et, dans une moindre mesure, le Japon, qui affirme ses ambitions sur le Pacifique, sont susceptibles d'être concurrents, voire adversaires de telle ou telle puissance européenne.

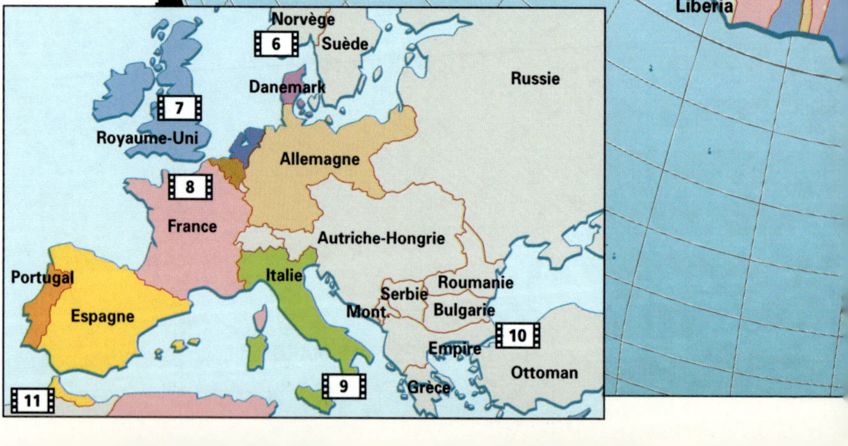

Index des principaux événements

LA SCÈNE DU MONDE

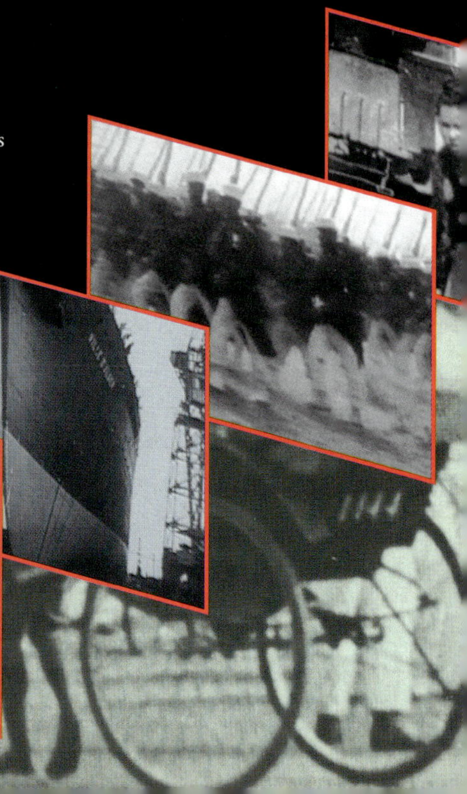
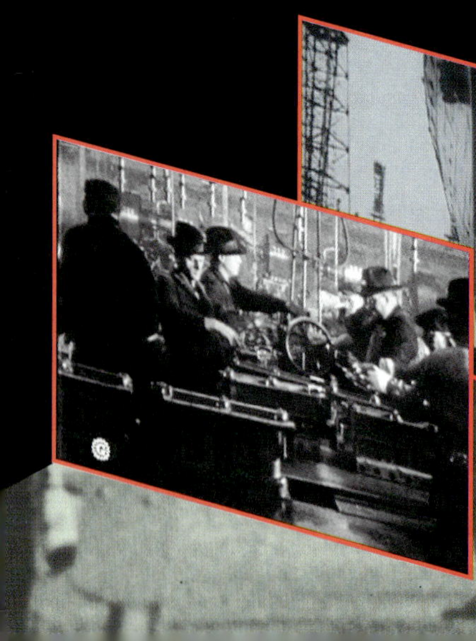

LE CULTE DU PROGRÈS

La première année du siècle
fait la jonction entre
deux révolutions industrielles :
celle du charbon et de l'acier
qui se poursuit, celle de l'électricité
et du pétrole qui commence.
Elle annonce de nouveaux progrès,
exalte les lumières de la ville
et fait croire à l'émergence
d'une «belle époque».

La première révolution industrielle – celle du charbon, du fer et de la machine à vapeur – avait entraîné entre 1830 et 1870 une extraordinaire croissance de l'économie mondiale à laquelle succéda une forte dépression. A partir de 1896 commence une nouvelle période d'essor favorisée par des innovations scientifiques et techniques, telles la maîtrise de la production d'électricité, la turbine à vapeur, les applications de la chimie organique, l'invention du moteur à explosion, alors que se développent les divers usages du pétrole que produisent, par millions de tonnes, les Etats-Unis, la Russie et bientôt le Moyen-Orient. Tout concourt aux effets du progrès, aux investissements dans l'industrie, dans les transports ou dans la production en grande série d'objets manufacturés

La deuxième révolution industrielle
L'acier, par l'importance de sa production et la diversité de ses usages (▶ une fabrique de rails), symbolise et hiérarchise les puissances industrielles. En tête, les Etats-Unis, avec 30 millions de tonnes, devancent l'Allemagne et l'Angleterre.

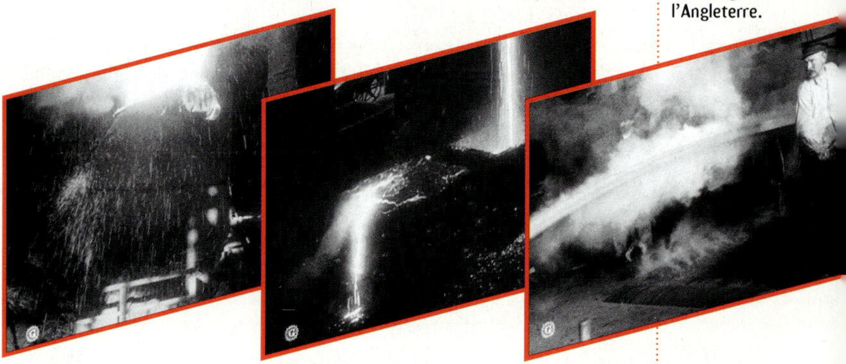

tandis que la découverte de nouveaux gisements aurifères soutient l'économie monétaire (comme au Klondyke, en Alaska, de 1896 à 1906).

Le libéralisme économique est le moteur de tous ces changements. Les concentrations capitalistes atteignent des dimensions inconnues jusqu'alors, entraînant la formation et le développement de très grandes entreprises

qui emploient plusieurs milliers de personnes et multiplient les filiales dans leur pays d'origine ainsi qu'à l'étranger. Ces multinationales, présentes en Bourse, bénéficient de relais politiques qui leur assurent un réel pouvoir sur la marche du monde.

Des secteurs d'avenir
L'électricité (▼ usine d'ampoules en Allemagne) remplace progressivement l'éclairage au gaz; l'automobile et les industries qui lui sont liées, comme le pneumatique ▲ (Michelin naît en 1898), prennent leur essor grâce au pétrole (◄ les puits de Bakou dans le Caucase).

ABOLIR LES DISTANCES

Toutes les sources d'énergie (la vapeur, l'électricité, le gaz, le pétrole) concourent à la réduction ou à l'abolition des distances dans un monde qui a besoin de faire voyager le plus rapidement possible les hommes, les marchandises, les informations. La locomotive à vapeur atteint ses meilleures performances (140 km/h), les chemins de fer achèvent de tisser leur réseau à travers le monde entier, le tramway électrique s'impose dans les villes, l'automobile devient d'un usage presque courant (en 1910, la France en compte déjà près de 80000 et, aux Etats-Unis, Henry Ford lance, en 1908, son célèbre modèle T qui va se vendre à 15 millions d'exemplaires jusqu'en 1927). En une décennie, le transport maritime augmente son tonnage de près de 20 %. Et si les grands *clippers* marquent l'apogée de la marine à voile, ce sont désormais de gigantesques paquebots qui règnent sur les mers. Certains dépassent les 200 m de long et peuvent transporter

Communiquer
▼ La radio confère aux bateaux une sécurité accrue.

La civilisation du chemin de fer
Entre 1850 et 1914, la longueur du réseau ferré est multipliée par 30 et atteint plus de 1 million de km à travers le monde ▼.

L'au-delà des mers
De Portland à Saint-Nazaire, les paquebots ◄ sont construits pour quelques compagnies qui contrôlent le marché des voyages transatlantiques (Cunard, Transat, America Line, etc.).

près de 2300 passagers sur l'Atlantique Nord qu'ils franchissent en quelques jours.

Les réseaux de distribution d'électricité se mettent en place (ainsi en Allemagne, de 1900 à 1910, près de 11000 km de lignes sont construites). Ils vont souvent de pair avec le développement du téléphone (aux Etats-Unis est installé, en 1892, près de Chicago, le premier central de commutation automatique). C'est aussi le temps de la télégraphie sans fil (TSF) qui, en quelques années, se met prioritairement au service de la navigation maritime : en 1906, 300 bâtiments en sont déjà équipés.

Le transport urbain
Si les grandes métropoles se dotent d'un métro, partout dans le monde la plupart des villes s'équipent en moyens de transport de surface : tramway (▼ ici à Istanbul), trolleybus, autobus, qui facilitent les flux de populations entre le centre-ville et ses périphéries.

Vieux centres urbains d'Europe percés de voies nouvelles, creusés par les réseaux des métros ou ceux du tout-à-l'égout, villes et quartiers d'Amérique du Nord hérissés de leurs premiers gratte-ciel… l'espace urbain change, signe d'une mutation de civilisation. En 1801, 23 villes européennes dépassaient 100 000 habitants; un siècle plus tard, elles sont 135 dont une vingtaine de plus d'un demi-million. Le renouveau démographique du XIXe siècle (900 millions d'habitants sur la planète en 1800, 1 milliard 600 millions en 1900) a entraîné le surpeuplement des campagnes et libéré une main-d'œuvre avidement utilisée par les villes pour leurs industries, leurs commerces, leurs banques, leurs réseaux de transport, leurs chantiers de construction. Une main-d'œuvre d'autant plus attirée par les lumières de la ville qu'elle y voit la possibilité de mieux vivre, ce que démentent souvent le nombre et l'importance des quartiers insalubres où s'entassent les nouveaux arrivants.

Les campagnes changent également, avec l'extension des chemins de fer qui leur ouvrent de nouveaux marchés pour

Mécanisation
Après la faucheuse mécanique (1834), c'est le tracteur ▲, aux multiples usages, qui s'implante dans le Middle West américain.

absorber une production accrue de viande, de fruits, de légumes, de céréales : les rendements augmentent grâce aux engrais chimiques, à de meilleures semences et à un début de mécanisation illustré par l'apparition de moissonneuses et de batteuses à vapeur et des premiers tracteurs.

Essor des villes, exode des campagnes
Le «centre-ville» (▲ la 5e Avenue à New York) fait l'orgueil des cités, où la hauteur et le confort des immeubles (gaz à tous les étages, ascenseurs, eau courante) le disputent à la sécurité et à l'hygiène. Toute nouvelle construction doit être reliée à des systèmes de «tout-à-l'égout» (loi de 1894 en France).

Depuis 1889, le 1er Mai est devenu la journée internationale de lutte pour les revendications de salaire, de dignité, pour l'amélioration des conditions de travail. Certains réclament le changement radical d'une société où les gigantesques profits de quelques-uns engendrent la misère de millions d'autres.

A Londres, en 1900, plus du quart de la population reçoit un salaire qui ne couvre même pas les besoins alimentaires nécessaires à l'entretien de sa simple force physique.

A l'époque, un Anglais sur cinq meurt à l'hospice et est enterré au cimetière des indigents; dans la classe ouvrière, un bébé sur six meurt avant d'atteindre sa première année.

Le mouvement ouvrier en France, qui a arraché au XIXe siècle le droit de s'organiser en syndicats, vise, selon les termes de la charte d'Amiens de 1906 adoptée par la CGT (Confédération générale du travail), à «l'accroissement du mieux-être des travailleurs» et prépare «l'émancipation intégrale qui ne peut se réaliser que par l'expropriation

En quête d'un sort meilleur Manifestants face aux forces de l'ordre (▼ arrestation d'un anarchiste en France); ouvriers face au patronat (grève de cheminots ◄); travailleurs exploités (mineur en Russie ►); votes à main levée ◄, affiches, banderoles, journaux et tracts ► : des constantes dans l'iconographie de la lutte des classes.

Syndicalisme et grève
L'essor du syndicalisme donne un poids accru au mouvement ouvrier qui veut faire entendre sa voix (◄ vote d'une grève de fonctionnaires à Leeds, en Grande-Bretagne). La création du parti travailliste britannique en 1901 fait suite à celle de la social-démocratie allemande réalisée dès 1875. Ces deux formes d'organisation reposent sur un modèle assez voisin : une alliance parti-syndicat et une doctrine qui prend déjà ses distances avec le marxisme. Elles se différencient à ce titre du syndicalisme français qui aspire toujours au «Grand Soir».

capitaliste avec comme moyen d'action la grève générale».

Partout le nombre des syndicats ne cesse de croître : plus de deux millions de Britanniques adhèrent aux *trade unions*; autant d'Allemands ont rejoint les organisations ouvrières et un million et demi d'Américains défendent leurs droits dans l'AFL (*American Federation of Labor*). Dans chaque pays démocratique, l'action des syndicats est relayée, au niveau politique, par des partis socialistes souvent représentés en nombre dans les assemblées et les parlements (en 1906 en Angleterre, en 1903 en Allemagne où les sociaux-démocrates obtiennent 30 % des voix, en France où Jean Jaurès, député du Tarn, incarne le socialisme français).

PROLÉTAIRES DE TOUS LES PAYS

Au fil des ans, dans la plupart des pays européens, les cortèges du 1er Mai se déroulent en général pacifiquement. En France, on y participe avec femme et enfants, parfois habillé de costume de fête. Sur les défilés flottent les drapeaux rouges qui s'imposent comme le signe des travailleurs en lutte au détriment du drapeau tricolore symbolisant une république qui a trop déçu d'espérances. De même, la *Marseillaise* laisse la place à l'*Internationale* et à la *Carmagnole*. Mais il suffit d'une provocation, d'une présence trop ostensible des forces de l'ordre ou d'une interdiction de manifester pour que la tragédie survienne. Ainsi, le 1er mai 1891, dans le Nord, à Fourmies, l'armée tire sur la foule tuant 10 personnes. Le souvenir de l'événement, qui se reproduit plusieurs fois avec des morts (Draveil, Villeneuve-Saint-Georges en 1908), marque la conscience de la classe ouvrière.

LE PARTAGE DU MONDE

En 1895, Rudyard Kipling

évoque dans un poème la tâche des colonisateurs européens : «Ô Blanc, reprends ton lourd fardeau : Envoie au loin ta plus forte race... Pour veiller sur les races sauvages et agitées.» Dans la réalité, alors que l'Europe se partage le monde et que naissent les ambitions américaines et japonaises, c'est aussi le temps de l'exploitation et de l'impérialisme, fruits de l'industrialisation et des rivalités nationales.

La carte du monde en 1900 montre une Europe contrôlant des continents entiers. L'Union Jack flotte sur des territoires 140 fois plus étendus que celui des îles Britanniques; la France domine des colonies dépassant de 40 fois la superficie de l'Hexagone; la Belgique, avec le Congo, est riche de 80 fois son étendue nationale alors que la Hollande l'est de 60 et le Portugal d'un chiffre équivalent. Venues à la curée bien plus tard, l'Italie échoue dans la conquête de l'Ethiopie alors que l'Allemagne s'assure le contrôle de quelques possessions en Afrique et dans l'océan Pacifique.

A la source de cette expansion se conjuguent de nombreux facteurs. Certains relèvent du goût des explorations (la géographie est l'une des sciences reines de la fin du XIXe siècle), du désir d'apporter la civilisation à des peuples

Exploiter
La colonisation agricole est basée sur la constitution de grandes propriétés employant un prolétariat agricole recruté sur place, et dotées de moyens techniques. La métropole leur impose des productions destinées à l'exportation : cultures céréalières lorsque de vastes zones sont disponibles (▲ en Tunisie), vigne en Algérie, coton en Egypte ou en Inde ◄.

Conquérir et coloniser
Deux objectifs qu'illustrent ces troupes coloniales en action (◄ aux franges du Sahara) et ces autres symboles de la présence coloniale que sont le champ de courses et la cathédrale (▼ à Hanoi, en Indochine).

réputés inférieurs ou de les évangéliser (l'Anglais Rudyard Kipling évoque le «fardeau de l'homme blanc» et l'homme politique français Jules Ferry le devoir des races supérieures à «civiliser les races inférieures»).

D'autres raisons existent, d'ordre économique et stratégique, en un temps où prime la recherche de matières premières, de débouchés pour les industries des métropoles, de ports pour des navires sillonnant les mers. Et certains voient également, dans ces régions où la présence humaine demeure faible, la possibilité d'implanter des zones de peuplement pour des immigrants tentés par l'aventure coloniale.

Dans les dernières années du XIXe siècle, selon les règles fixées par la conférence de Berlin en 1885, une multitude de traités fixe les frontières des possessions conquises. De nombreux chefs militaires, à la tête de troupes aguerries et bien armées, réduisent les dernières résistances, écrasent les rébellions souvent récurrentes et donnent à leurs nations respectives les clés de territoires immenses.

L'Anglais Lugard forge l'unité du Nigeria tandis que la France crée en 1895 l'Afrique-Occidentale française (AOF)

Développer
Le percement de routes ou de lignes de chemin de fer (◄ en Guinée) entraîne le travail forcé de milliers d'indigènes et un coût élevé en vies humaines.

Pacifier
La pacification d'une conquête coloniale comporte des images rituelles : la force armée en cas de troubles (▲ la Légion étrangère dans le Sud tunisien); le gouverneur en tournée afin d'inaugurer grands travaux, écoles, hôpitaux, casernes; le marché traditionnel (▼ ► la foire aux bovins en AOF), dont la fréquentation et l'abondance de produits justifient, aux yeux de beaucoup, l'œuvre coloniale.

et en 1910 l'Afrique-Equatoriale française (AEF). Le Portugal se maintient dans ses vieilles possessions d'Angola et du Mozambique, les Anglais quant à eux rêvent de réaliser la jonction entre le Soudan et l'Afrique du Sud. Après 1900, si l'on excepte le Liberia, création des Américains dans la première moitié du XIXe siècle, l'Ethiopie que convoitent toujours les Italiens, le Maroc, objet d'une rivalité franco-allemande, toute l'Afrique est sous contrôle européen.

Partout, la colonisation adopte des méthodes semblables en tentant de s'appuyer sur quelques chefs coutumiers; la non-égalité des droits règne entre colons blancs et colonisés soumis à de nombreuses obligations administratives, à l'impôt en nature et souvent aux réquisitions de travail forcé. Le régime le plus terrible est celui des territoires donnés en concession à des sociétés privées (ainsi en AEF), impitoyables envers les populations indigènes. Système qui suscite révoltes, répressions, et parfois indignation en métropole même.

Administrer
Un gouverneur désigné par la métropole dispose des pleins pouvoirs. D'où le cérémonial déployé pour l'accueillir (▲ le gouverneur général de l'AOF à Bamako en 1906).

Après la répression de la révolte des Boxers en août 1900 par une armée européenne (aidée de contingents américains et japonais) venue libérer à Pékin le quartier des légations assiégées pendant cinquante-cinq jours, l'Empire chinois doit accepter les conséquences de son soutien aux insurgés. L'impératrice Cixi s'engage au paiement d'une indemnité énorme gagée sur les revenus des douanes et versée directement aux banques occidentales. Le régime des concessions dans les grandes villes, les «territoires à bail» et les «zones d'influence» se renforcent et rendent dérisoires les mouvements de réforme entrepris par l'Empire mandchou, par ailleurs soumis aux soulèvements de mouvements républicains à partir de 1905.

Au sud de la Chine, du Cachemire au Tonkin, Anglais (dans le sous-continent indien) et Français (dans la péninsule indochinoise) sont les maîtres. Impératrice des Indes depuis 1857, la reine Victoria règne en 1900 sur la plus vaste colonie de la planète.

Traditions
▲ Au-delà des apparences et des politesses convenues, rares sont les Occidentaux à saisir la force de civilisation de l'empire du Milieu.

Rébellions
Les émeutes de Shanghai ▼ en février 1906 témoignent du rejet de la tutelle occidentale.

C'est la «perle de la Couronne», où 140000 Britanniques président aux destinées de 250 millions d'Indiens en s'appuyant sur des centaines de princes locaux (les maharadjahs), sur une armée essentiellement composée de guerriers sikhs, et sur un système de castes qu'ils se gardent bien de contester. Cette domination repose aussi sur des propriétaires fonciers et sur une bourgeoisie commerçante qui profitent de l'essor économique de certaines régions. Toutefois, une partie de cette élite indigène, écartée de toute responsabilité et soutenue par de larges fractions de la population, revendique un minimum d'autonomie. Manifestations et émeutes se multiplient dès 1906 sans parvenir à menacer une domination essentielle à l'économie britannique et à la gloire de la Couronne.

Domination
Les maharadjahs ▲ constituent un relais sur lequel les Anglais s'appuient afin d'asseoir leur domination sur la société indienne.
La capitale de l'Inde est Calcutta, Bénarès ▲ demeurant la ville sainte des hindouistes.

Le jubilé des soixante ans du règne de Victoria en 1897 commence le 22 juin lorsque la reine, appuyant sur un bouton électrique, déclenche un message télégraphique envoyé vers toutes les colonies : «Du fond du cœur, je remercie mon peuple bien-aimé. Que Dieu le bénisse.» Dans Londres se succèdent cérémonies, réceptions et défilés de troupes. On remarque «les sikhs venus des Indes, la police de Hong-Kong venue de Chine, et les Houssas venus d'Afrique». Moment d'apogée que viendront conforter la victoire contre les Boers en Afrique du Sud, l'écrasement de la révolte des Boxers en Chine en 1900 et l'occupation de Lhassa au Tibet quatre ans plus tard. Les Indes deviennent même une destination touristique, où la colonisation peut s'observer de haut.

DE NOUVEAUX HÉROS ?

Chaque empire colonial européen s'appuie sur quelques figures mythiques abondamment reprises par les journaux et les romans. L'officier, le missionnaire, le médecin et l'instituteur constituent cette imagerie faite de courage, d'abnégation, de sacrifices consentis par des nations s'estimant civilisées envers celles que Rudyard Kipling définit comme «sauvages et agitées… moitié diable, moitié enfants».

Mais la réalité est souvent bien éloignée de ces vignettes de propagande. Rares sont les officiers s'intéressant aux cultures qu'ils détruisent, encore plus rares sont les fonctionnaires épargnant aux indigènes vexations et humiliations. Presque tous baignent dans un racisme ordinaire et satisfait. Les missionnaires eux-mêmes, quelle que soit leur confession, catholique ou protestante, ne sont pas à l'abri de réactions de mépris envers les sociétés traditionnelles qu'ils souhaitent évangéliser. Mais ils savent aussi, par leur présence sur le terrain, leur foi, leur énergie, créer écoles et dispensaires, se faire peu à peu respecter et reconnaître, d'autant qu'ils dénoncent parfois l'horreur des pratiques barbares de certains colons.

La présence occidentale s'amende grâce à des médecins qui, par leurs découvertes et leurs réalisations (la France crée l'école de médecine d'Hanoi en 1902), parviennent à lutter contre les épidémies et les maladies les plus graves : fièvre jaune, maladie du sommeil, variole, paludisme et peste, dont le Français Alexandre Yersin découvre le bacille à Hong Kong en 1894.

Education
Même s'il ne touche qu'une minorité, l'enseignement, laïque (école de filles en Algérie ◄) ou religieux, apparaît comme la justification de la colonisation. Les missions implantent écoles, orphelinats (à Pékin ►), et tentent d'évangéliser par l'exemple des populations souvent rétives à la pénétration coloniale (▼ séance de catéchisme en Afrique).

Santé
Médecins et pharmaciens cherchent à percer le mystère de maladies inconnues qui, telle la maladie du sommeil ►, déciment des populations entières.

En 1868, le jeune empereur Mutsuhito et ses conseillers avaient compris que, pour éviter le sort de la Chine, dépecée par les Occidentaux, il fallait radicalement changer le pays, refermé sur lui-même depuis le milieu du XVIIe siècle. En quelques décennies, l'ère Meiji (qui signifie «politique éclairée» et désigne les années de règne de l'empereur jusqu'à sa mort en 1912) voit naître un Etat moderne capitaliste remplaçant un Etat féodal à l'économie surtout agraire. Les missions d'étudiants à l'étranger se multiplient, alors que le pays reçoit au total 2300 ingénieurs et conseillers européens et américains.

Modernité Quelques décennies suffisent au Japon pour se doter d'une armée équipée à l'occidentale ▼

mais où se maintiennent les anciennes traditions guerrières d'honneur et de sacrifice pour l'empereur. La fierté pour une marine puissante se retrouve jusque dans les cours d'école ▲.

Dans tous les domaines (militaire, politique, scientifique, technique), la modernisation à l'occidentale se fait à marche forcée et lorsqu'une innovation venue de tel pays européen ne convient pas, elle est remplacée par une autre, adoptée d'un autre pays. C'est ainsi que le code civil promulgué en 1890 et inspiré du code Napoléon français ayant suscité une levée de boucliers, on le remplace en 1896 par un nouveau code, inspiré par celui en usage dans le Reich allemand.

Fort de 47 millions d'habitants au début du siècle, bénéficiant d'une main-d'œuvre bon marché, le Japon se

Tradition
Cerisiers en fleur, femmes en kimono, pousse-pousse ◄ ne constituent pas seulement une imagerie exotique. Les Japonais tiennent à leurs traditions tout en acceptant sans complexes l'arrivée des progrès technologiques

(◄ une rue de Tōkyō bordée de poteaux électriques). Politiquement, l'apparente occidentalisation du pays s'accommode d'un régime entièrement tourné vers la figure de l'empereur et de la famille impériale dont il est d'usage de louer la «vertu» et la «sagesse».

transforme en une puissance industrielle qui doit exporter ses produits afin d'importer les matières premières qui lui manquent (le fer et une grande partie du charbon). L'Etat finance les premiers chemins de fer et les usines d'armement, et les anciens samouraïs deviennent chefs d'entreprise. Les nécessités de l'expansion économique débouchent rapidement sur des visées impérialistes illustrées par la guerre contre la Chine en 1895 et, dix ans plus tard, par celle contre la Russie.

La popularité des Boers
Après avoir essuyé un sérieux revers contre les Boers, les Britanniques font débarquer en janvier 1900 trois nouvelles divisions ◄ qui seront à l'origine de leur victoire. Le leader du Transvaal, Paul Kruger, jouit cependant d'une grande popularité au sein d'une opinion publique européenne favorable à la cause des Boers ◄.

La grande ruée de l'Europe dans la course aux possessions coloniales ne va pas sans créer des tensions, des crises et parfois des affrontements armés. En Afrique du Nord, le Maroc suscite une forte rivalité entre la France et l'Allemagne. De par leur ancienne et forte présence en Algérie et en Tunisie et dans l'idée de créer un Maghreb qu'ils domineraient d'Agadir à Bizerte, les Français affirment leur vocation à contrôler le Maroc, ce que récuse Guillaume II, qui effectue en 1905, à Tanger, une visite provocatrice au cours de laquelle il défend la souveraineté marocaine. L'année suivante, un traité signé à Algésiras confirme la prééminence française. De même, Français et Anglais, après avoir été au bord de la guerre à propos de l'affaire de Fachoda, en 1898, évitent

désormais d'envenimer tout sujet de discorde. En revanche, en Afrique du Sud, la volonté impérialiste britannique stimulée par la découverte de mines d'or au Transvaal – république indépendante dirigée par les descendants des premiers colons d'origine hollandaise de l'Afrique australe, les Boers – entraîne une guerre de trois ans (1899-1902). D'abord vaincus, les Anglais écrasent leurs adversaires en mobilisant une armée de 250 000 hommes afin d'en finir avec la guérilla boer. Ils utilisent pour cela

Le «coup» de Tanger
▶ Le discours de Guillaume II à Tanger déclenche une grave crise diplomatique et une menace de conflit généralisé.

La conquête du Maroc
La conférence d'Algésiras de 1906, dernier troc entre puissances coloniales, laisse aux Français les mains libres pour établir un protectorat au Maroc ▲.

des méthodes d'une violence extrême contre la population civile : ils créent des «camps de reconcentration» où, selon un journaliste du *Temps*, «sont parquées tant de victimes innocentes, sans défense, emmenées captives, entre des soldats, cependant qu'à l'horizon leur ferme incendiée, détruite à coups de dynamite, achève de se consumer». Mais, peu à peu, se mettent en place les chemins de la réconciliation, scellée par un traité de paix en 1902, l'autonomie des colonies boers en 1906 et la création des Etats-Unis de l'Afrique australe en 1910.

NAISSANCE D'UNE NATION

UNE FOIS CICATRISÉES LES DERNIÈRES PLAIES DE LA GUERRE DE SÉCESSION (1861-1865), UNE FOIS ACHEVÉE LA CONQUÊTE DE L'OUEST PAR LE CHEMIN DE FER TRANSCONTINENTAL (1869), LES ETATS-UNIS S'ASSURENT LE CONTRÔLE ÉCONOMIQUE DE TOUT LE CONTINENT AMÉRICAIN, AFFIRMENT LEUR RÔLE INTERNATIONAL ET SE HISSENT À L'AUBE DU XXe SIÈCLE AU PREMIER RANG RANG DES PUISSANCES MONDIALES.

La Frontière s'était toujours déplacée plus loin vers l'ouest, la houle des immigrants faisant refluer, avant de les exterminer ou de les parquer, les tribus indiennes. En 1900, il n'y a tout au plus que 300000 survivants alors que la population des Etats-Unis atteint 76 millions d'habitants.

En 1893, un sixième chemin de fer transcontinental (le Great Northern, de Saint Paul à Seattle) achève de quadriller le pays d'est en ouest. Et il ne reste plus à la bannière américaine qu'à ajouter les étoiles de l'Oklahoma (1904), de l'Arizona et du Nouveau-Mexique (1912) pour

Un pays-continent
▲ Le Texas and Pacific parcourt un territoire immense en reliant La Nouvelle-Orléans à la Californie sur plus de 5000 km.

Des fleuves interminables
▶ Le Mississippi (3700 km de Saint Louis à La Nouvelle-Orléans) sert de voie de transport nord-sud.

Une ligne de partage
Le Sud, encore agricole (avec la culture du coton en particulier ►), contraste avec le Nord, beaucoup plus industrialisé.

Une tradition militaire ◄
Nés d'une révolte, constitués face aux tribus indiennes, bouleversés par une guerre civile, les Etats-Unis vouent à leur armée un véritable culte.

porter à 48 le nombre des Etats de l'Union.

Sur cet espace gigantesque, à la fois pour les besoins intérieurs et le marché européen, se développe une agriculture extensive où dominent l'élevage bovin (les abattoirs de Chicago deviennent célèbres pour leur gigantisme) et les cultures de coton, de blé, de maïs. L'industrie n'est pas en reste, qui bénéficie de matières premières et de sources d'énergie (charbon des Appalaches, pétrole de l'Oklahoma, minerai de fer du Minnesota) nécessaires au développement d'aciéries et d'industries métallurgiques aux mains de grands monopoles, de trusts sans équivalent dans le monde.

UNE TERRE D'IMMIGRATION

L'aube du XXe siècle marque l'apogée de l'immigration européenne vers les Etats-Unis, vers cette terre promise devant laquelle se dresse, au large de New York, la statue de la Liberté. En 1900, un Américain sur sept est né à l'étranger, et dans les villes les immigrants de fraîche date sont en forte proportion, parfois même majoritaires. Ils représentent le quart de la population de Philadelphie, le tiers de celle de Chicago et Boston et les quatre cinquièmes de celle de New York!

Le symbole de l'espoir
▶ La statue de la Liberté offerte par la France en 1886 accueille les nouveaux arrivants.

Le poème qui la consacre, «Le Nouveau Colosse», a été écrit par Emma Lazarus, ralliée à la cause de l'immigration après les pogroms de Russie de 1881.

Pendant la première décennie du XXe siècle, près de 10 millions de nouveaux arrivants débarquent après avoir subi les contrôles, pour l'essentiel sanitaires, dans les bâtiments nouvellement construits (1892) d'Ellis Island. Leur origine ethnique diffère de celle des émigrants du XIXe siècle, qui venaient surtout d'Angleterre, d'Irlande ou d'Allemagne. Désormais ils sont originaires d'Europe centrale, d'Italie, de Russie (d'où nombre de Juifs fuient les pogroms) et viennent s'embaucher dans les usines et les chantiers des villes. Bien peu se font agriculteurs ou prennent le chemin

des Etats du Sud (si ce n'est à La Nouvelle-Orléans qui voit s'installer une forte colonie italienne), où continue de se poser le problème d'une minorité noire souffrant d'une ségrégation de plus en plus insupportable, au point de susciter en 1909 la création du NAACP (*National Association for the Advancement of Colored People*).

Une longue traversée
Sur chaque transatlantique abordant New York ▲, la 3e classe (celle des émigrants ▶) représente près des deux tiers des passagers, soit environ 2000 personnes par voyage.

Premières restrictions
Certains nouveaux arrivants se voient refuser l'accès à la citoyenneté américaine : les Chinois depuis 1880, les Japonais en 1907.

Malgré sa
puissance, la
première nation
ndustrialisée
u monde connaît
des tensions et
des problèmes.
L'un des plus
graves touche
la ségrégation
raciale dont la Cour
suprême avait
reconnu la légalité
la fin du XIXe
siècle. Les Etats
du Sud multiplient
règlements et
discriminations
dans les lieux
publics et privent
es Noirs de leurs
droits civiques.
Souvent, des
assemblées
haineuses
recourent au
lynchage contre
des délinquants
ou de simples
suspects. Parqués
dans leurs
réserves, matés
depuis la
répression
du dernier
soulèvement sioux
de Wounded Knee
en 1890, les
ndiens sont
totalement
marginalisés.
Et nombre
de nouveaux
arrivants sont
méprisés et
parfois maltraités.
Des journalistes
– ceux que
le président
Roosevelt
surnomme des
muckrakers (des
«fouille-merde») –
dénoncent
la corruption,
es fortunes

mal acquises, les trusts tout-puissants, la pauvreté des masses urbaines, les conditions de travail inhumaines, la chasse aux syndicalistes... Leurs écrivains et journalistes participent d'un fort mouvement réformiste touchant particulièrement le parti démocrate, qui œuvre pour renforcer le pouvoir fédéral et celui du président, seuls capables d'instaurer une forme de justice conforme à l'intérêt commun. Pour éviter que les élus ne dépendent des milieux d'affaires, le Congrès vote, en 1907 et 1909, des lois interdisant aux sociétés industrielles et aux compagnies d'assurances ou de chemins de fer de verser des contributions aux candidats à des fonctions fédérales.

UNE GRANDE AMBITION

Le président Monroe l'avait déjà déclaré le 2 décembre 1823 dans son message sur l'état de l'Union : l'Europe n'a plus rien à faire en Amérique. Ni acquérir de nouvelles colonies, ni s'opposer à l'émancipation de celles qui voudraient en rejeter le joug. C'est le temps de «l'Amérique aux Américains», sous-entendu le début du leadership des Etats-Unis sur l'ensemble du continent, de la Patagonie à l'Alaska cédé par la Russie en 1867. L'océan Pacifique devient également l'un des objectifs d'une ambition impérialiste qui se traduit en Asie par l'envoi d'une escadre en 1859 pour forcer le Japon à s'ouvrir au commerce, et par l'implication de plus en plus affirmée dans les affaires chinoises.

Mais la première guerre que les Etats-Unis provoquent et remportent contre une puissance coloniale européenne est l'opération de 1898 où ils contribuent à chasser les Espagnols de Cuba en aidant à la proclamation d'une indépendance qu'ils contrôlent. De même qu'ils parviennent en 1903 à détacher la zone du canal de Panamá de la Colombie. A cette date, et dans les années qui suivent, leur contrôle économique sur le continent est pratiquement total : plantations de canne à sucre à Cuba, bananeraies et autres produits tropicaux gérés par l'United Fruit de Boston, pétrole du Mexique et du Venezuela, cuivre du Chili, étain de Bolivie…

Des moyens militaires
L'armée n'a que 100 000 hommes ▲ mais la flotte ►, en 1906, est la troisième du monde.

Une zone d'influence
Que ce soit par la politique du «gros bâton» (*big stick*), ou par celle du dollar, l'Amérique latine reste pour les Etats-Unis une chasse gardée, économique et stratégique (Cuba ► et Panama ▲)

Une croissance soutenue
Les indicateurs économiques illustrent la réussite◄ américaine : entre 1872 et 1899, la croissance a été de 300 %. Ce succès est aussi celui du président Theodore Roosevelt ▼, qui entend concilier la libre entreprise avec des lois sociales votées à l'échelle fédérale.

Une civilisation urbaine
L'expansion des villes ◄ ► va de pair avec celle de l'économie américaine. En 1900, New York ◄, Chicago et Philadelphie dépassent le million d'habitants.

En une décennie, les Etats-Unis passent de 76 millions d'habitants en 1900 à 92 millions en 1910. Leur production industrielle, qui représentait 7 % de la production mondiale en 1860, atteint une part de près de 30 % en 1910. Les grandes sociétés, les banques, les trusts à la puissance à peine entamée par la loi de 1890 dominent une économie en plein dynamisme, aux mains de quelques immenses fortunes. Les noms de Morgan, Ford, Rockefeller, Gould, Eastman symbolisent le triomphe d'un capitalisme à la fois féroce et paternaliste, où la lutte contre les syndicats se conjugue avec les dons pour l'amélioration de l'habitat, la recherche scientifique ou l'aide aux églises (Andrew Carnegie dépense des millions de dollars pour des fondations diverses, des instituts à vocation médicale et offre 7 500 orgues à des lieux de culte...)

Ce capitalisme sauvage finit cependant par susciter un besoin de régulation, de réformes exigées aussi bien par les ouvriers que par les petits fermiers touchés par la baisse des prix agricoles. En 1901, le nouveau président, Theodore Roosevelt, impose des lois qui réduisent la journée de travail à huit heures, interdisent le travail des enfants de moins de douze ans, et prend même des mesures pour sauvegarder la nature menacée par l'industrialisation débridée, en créant les premiers parcs nationaux.

Avec une marine pouvant rivaliser avec celles de l'Angleterre ou de l'Allemagne, les Etats-Unis deviennent aussi une puissance diplomatique, présente au traité d'Algésiras en 1906 et accueillant sur son sol, à Portsmouth, l'année précédente, les négociateurs de paix russes et japonais venus mettre au point les termes d'un traité de paix.

Une industrialisation phénoménale ▲
Fer, acier, textile, bois : les performances industrielles sont fantastiques. Dès 1890, les Etats-Unis produisent autant que la Grande-Bretagne, l'Allemagne et la France réunies.

L'APOGÉE DE L'EUROPE

Tous pays confondus, l'Europe représente, lors de la première décennie du siècle, plus de la moitié de la production industrielle mondiale et le plus fort potentiel militaire qu'ait jamais connu l'humanité. Elle domine le commerce international, et les navires battant pavillon anglais, allemand, français, italien... sillonnent les mers du globe. Elle aborde le nouveau siècle avec les chiffres de sa puissance mais aussi dans les tensions des intérêts divergents des nations qui la composent.

LA MORT DE L'AÏEULE

A l'issue de soixante-quatre années de règne, Victoria, reine d'Angleterre et impératrice des Indes, veillée par son fils Edouard et par son petit-fils, l'empereur d'Allemagne Guillaume II, accouru de Berlin, s'éteint dans son château d'Osborne en 1901. Elle régnait depuis si longtemps que nul ne savait trop comment organiser le cérémonial des obsèques, le souvenir s'en étant perdu... Dans le grondement des canons qui résonnent à coups réguliers, dans le bruit des sabots des chevaux martelant la chaussée, dans le cliquetis des épées et le tintement des étriers, s'avance le cortège funèbre de Victoria. Sur une prolonge d'artillerie tirée par deux rangs de matelots en habit bleu, le petit cercueil est revêtu du drapeau britannique. Derrière, deux cavaliers se détachent : le nouveau roi Edouard VII et l'empereur d'Allemagne Guillaume II sur un magnifique

L'écho de toutes les attentions dont il vient de faire preuve envers sa grand-mère sur son lit de mort s'est répandu dans le public et il s'avance dans une atmosphère d'admiration et de sympathie. Le cortège se rend au château de Windsor, où la reine est inhumée dans la chapelle Saint-Georges, aux côtés de son cher Albert, sous l'inscription qu'elle avait fait graver en 1862 : «Vale desideratissimo. Au revoir, très cher bien-aimé. Ici, enfin, je reposerai avec toi, avec toi je ressusciterai dans le Christ.» Dans tout le monde britannique, l'émotion est intense et l'écrivain Henry James écrit qu'il pleure «cette bonne bourgeoise de vieille reine, si sûre et maternelle, qui tenait la nation bien au chaud dans les plis de son hideux grand châle écossais... Elle était le symbole sur lequel il faisait bon s'appuyer».

L'HÉRITAGE DE VICTORIA

Couronné sous le nom d'Edouard VII, le nouveau souverain hérite d'une incomparable puissance industrielle et du plus vaste empire du monde, un empire de 32 millions de km^2 et de 450 millions d'habitants. En ces premières années du siècle, un habitant de la planète sur quatre vit à l'ombre de l'Union Jack, et la flotte britannique est la première du monde.

Politiquement, le pays change également de dirigeants. Aux élections de 1905, le pouvoir revient aux libéraux alors que les premiers députés du tout nouveau parti travailliste occupent 29 sièges de la nouvelle Chambre des communes et soutiennent un ensemble de lois permettant de venir en aide aux accidentés du travail, aux vieillards sans ressources, et limitant à 8 heures la durée de travail dans les mines.

Socialement, si l'aristocratie demeure puissante avec une fortune nobiliaire qui reste considérable, la bourgeoisie d'industriels et de négociants

Une société de classes
En Angleterre, où l'aristocratie, par ses rites et ses modèles imprègne la société, le rang social, dès l'enfance ▶, compte plus que dans les autres démocraties. La Chambre des lords par exemple garde de réels pouvoirs jusqu'en 1911.

constitue la force vive du pays alors que la part de l'agriculture dans le PNB décroît fortement (elle passe de 20 % en 1850 à 5 % en 1910). L'urbanisation se poursuit et Londres, capitale de la finance mondiale, devient un monstre de près de 2 millions d'habitants. Pourtant, nombre de problèmes restent cruciaux. La question irlandaise n'est pas résolue, la classe ouvrière affirme son mécontentement par de nombreuses grèves au moment où, dans l'Empire, apparaissent les premiers troubles. Et surtout deux signes annoncent de profonds changements : le recul de la foi chrétienne et la baisse de la natalité (en 1870, le nombre moyen d'enfants par famille était encore de 6, il se réduit à 4,3 en 1900 et à 2,3 en 1915).

Une diplomatie active
L'entente cordiale est signée en avril 1904 entre Edouard VII et le président français Emile Loubet (ici à Londres en 1908 ▲). La personnalité du souverain anglais, couronné en 1901 ◄, bien connu dans sa jeunesse des maisons closes luxueuses et des lieux de plaisir parisiens, a contribué à ce rapprochement décisif dans la constitution de la Triple Entente avec, comme troisième partenaire, la Russie.

Le 22 septembre 1900, afin de célébrer l'anniversaire de la Ire République de 1792, le président Loubet, nouvellement élu, préside un banquet républicain où sont présents 22 000 maires des communes de France. Ainsi se concluait l'Exposition universelle qui avait voulu célébrer la grandeur de la France et du régime républicain, désormais solidement implanté mais encore secoué par les conséquences de l'affaire Dreyfus, l'agitation anarchiste et les nostalgies royalistes de quelques irréductibles particulièrement violents.

Puissance économique, deuxième empire colonial du monde, la France rêve toujours de revanche contre l'Allemagne et du retour à la mère patrie de l'Alsace et de la Lorraine perdues en 1871. Tout cela infléchit sa politique étrangère et l'amène, quelles que soient les réticences de beaucoup, à rechercher un rapprochement avec la Russie tsariste et à envisager une alliance avec la Grande-Bretagne. Celle-ci est finalement scellée par la signature d'un pacte d'«entente cordiale» le 8 avril 1904. La France abandonne dès lors toute prétention sur l'Egypte,

La République installée
Le 22 septembre 1900, le plus grand banquet de l'histoire réunit les maires de France ▼ sur 7 km de tables. Deux bouteilles de vin par personne ont été prévues…

La question religieuse
La querelle opposant l'Eglise à la République reste aiguë. Les inventaires des biens de l'Eglise, conséquence de la séparation de l'Eglise et de l'Etat en 1905, sont parfois marqués par des heurts violents entre les fidèles et les forces de l'ordre ◄.

Les conflits sociaux
◄ ▼ La révolte des viticulteurs du Languedoc témoigne des problèmes d'une agriculture qui représente encore 40 % de l'économie. Concurrencés, après le phylloxéra, par les vins algériens et les «vins de sucre», les vignerons du Midi, menés par Marcellin Albert, se révoltent en juin 1907 contre le gouvernement. Ils obtiennent finalement une loi limitant la chaptalisation.

occupée par les Anglais; de son côté, l'Angleterre renonce à toute ambition sur le Maroc, convoité par les Français.

Deux lois importantes marquent la vie politique : celle du 2 juillet 1901 sur la liberté d'association et celle du 9 décembre 1905 sur la séparation de l'Eglise et de l'Etat, à l'heure où le régime poursuit son effort dans sa politique d'enseignement gratuit, laïc et obligatoire. Président du Conseil et ministre de l'Intérieur de 1906 à 1909, Georges Clemenceau se veut partisan de réformes (création inédite d'un ministère du Travail et de l'Hygiène) et tout en menant une politique répressive à l'égard de l'agitation sociale, qu'elle soit d'origine ouvrière ou paysanne. Il n'hésite pas à envoyer la troupe contre des mouvements de grève en 1907 et 1908, qui se solderont par des morts et des dizaines de blessés dans le Nord et la région parisienne.

Berlin, au cœur du Reich
La capitale de l'Empire affiche sa prospérité par d'imposants monuments, notamment le Reichstag, près de la porte de Brandebourg ◄. Elle regroupe également une avant-garde intellectuelle et artistique.

L'empire du canon
L'industrie se met au service des ambitions militaires allemandes. Le fabricant de canons Alfred Krupp (les usines ▲) met au point les premiers canons lourds en acier, au tube coulé d'une seule pièce. C'est sa petite fille, Bertha, qui dirigera et développera par la suite l'entreprise.

Guillaume II, empereur d'Allemagne depuis 1888, règne sur une nation qui parachève son unité territoriale par une expansion économique exceptionnelle, dans l'éclat des uniformes d'une armée qui est l'objet de tous les égards et dans la fierté d'un moment culturel où savants, ingénieurs, écrivains contribuent à la gloire du IIe Reich. Sur un territoire de 540 000 kilomètres carrés comparable à la superficie de la France, l'Allemagne a construit le réseau ferré le plus dense d'Europe, elle produit davantage de charbon que la France et la Belgique réunies, plus de fer et d'acier que la Grande-Bretagne. Ses aciéries et ses industries de la chimie, des colorants, de matériel électrique et d'optique sont non seulement à la pointe de la recherche mais aussi de la production de masse. En 1890, l'Allemagne comptait pour 8,5 % de la production industrielle mondiale; en 1911, elle atteint les 14 % alors que sa population passe de 40 millions en 1870 à 70 millions en 1914, sans compter les centaines de milliers d'Allemands partis comme émigrants vers le continent américain.

Tout cela converge vers une idéologie pangermaniste soutenant des ambitions tournées vers de nouveaux horizons (l'amiral Tirpitz développe ainsi une flotte de guerre susceptible à terme de menacer la prépondérance anglaise sur les mers) et encourageant des attitudes belliqueuses soutenues par une grande partie de la bourgeoisie et par les Junkers, caste de propriétaires terriens qui s'estime le meilleur garant de l'orgueil et des traditions prussiennes. Seule la classe ouvrière, qui bénéficie d'un ensemble de lois de protection sociale (votées de 1884 à 1889), voit son niveau de vie augmenter et apporte son soutien à un parti social-démocrate gagnant en influence et en voix, échappe pour partie à l'agitation nationaliste.

Des ambitions mondiales
Petit-fils de la reine Victoria par sa mère, l'empereur Guillaume II ▲ est partisan de la *Weltpolitik*, qui doit faire de l'Allemagne une puissance de rang mondial. Cette ambition suscite la crainte des autres nations européennes, en particulier celle de la France et de la Grande-Bretagne.

Un nationalisme guerrier
Les parades militaires (ici Guillaume II en compagnie de cinq de ses six fils ◄), les uniformes et les armes de guerre sont des moyens efficaces auxquels a fréquemment recours le Kaiser pour symboliser la puissance de l'Empire.

En 1898, la monarchie austro-hongroise fête le cinquantième anniversaire du règne de François-Joseph sur un ensemble de peuples disparates organisés autour du pouvoir dualiste de l'Autriche et de la Hongrie. Tous partagent un véritable respect, voire une authentique vénération pour le vieux souverain accablé de malheurs personnels (exécution de son frère Maximilien au Mexique en 1867, suicide de son fils Rodolphe en 1889, assassinat de sa femme Elisabeth – l'impératrice Sissi – à Genève le 9 septembre 1898). Sentiment que notait en 1893 un diplomate britannique : «On ne va pas trop loin si l'on affirme que ce sentiment de loyauté et d'attachement à l'empereur François-Joseph est ce qui tient dans les liens de l'union les diverses parties de cet empire divisé et disparate.»

En dehors de l'armée et du corps des officiers qui forme un ensemble soudé, il est

Les débuts du parlementarisme
Afin d'écarter les velléités d'indépendance des partis nationaux, François-Joseph octroie en 1906 le suffrage universel, sans pour autant accepter le principe de la responsabilité du gouvernement devant le Parlement (ici celui de Budapest ◄), qui lui ôterait l'essentiel de ses pouvoirs.

Un monarque respecté
► En 1900, François-Joseph est un monarque de soixante-dix ans qui règne depuis 1848. Sans héritier direct, la succession du trône doit normalement revenir à son neveu François-Ferdinand.

L'âge d'or de Vienne
Au début du siècle, la ville ◄ est l'un des phares de la culture européenne. Sigmund Freud, Stefan Zweig, Gustav Klimt entre autres en symbolisent le dynamisme et la modernité.

Un empire instable
Aux côtés de Vienne et de Budapest, Prague ▲ est la troisième métropole de l'Empire. Fiers de leur histoire, rêvant de se libérer de la sujétion germanique, les Tchèques sont de plus en plus nombreux à revendiquer leur indépendance.

d'autres liens qui rassemblent Autrichiens, Tchèques, Hongrois, Croates, Slovènes, Roumains, Polonais, Ruthènes… Des liens économiques, puisque 51 millions d'habitants bénéficient d'un vaste espace où les produits circulent librement alors que Vienne et ses grandes banques (Credit-Anstalt, Boden Creditanstalt) contribuent à la modernisation de l'économie et des échanges. Sans compter les liens culturels qui font de Prague, Vienne et Budapest des capitales de la création européenne.

Mais l'ensemble reste fragile : les Allemands d'Autriche sont touchés par le pangermanisme, les Tchèques veulent leur indépendance tout comme les Hongrois, alors que les Slaves du Sud comptent sur le soutien de la petite Serbie indépendante et sur l'appui des Russes. Et si le suffrage universel en 1906 peut apparaître comme un moyen de concertation entre les élus de tant de peuples différents, il n'aboutit qu'à la confusion et l'on voit pas moins de vingt-huit partis représentés à la Chambre basse du Reichsrat. Les Tchèques se partagent ainsi entre six partis et les Polonais entre cinq…

Une ville transformée
Afin d'éviter, entre autres problèmes, les conséquences d'inondations ◄ catastrophiques (ici en 1900, place du Panthéon), Rome se dote d'une véritable politique d'urbanisme digne de son statut de capitale et susceptible de rivaliser avec les grandes métropoles du nord, Turin et Milan.

Rencontre au sommet
Le 25 mars 1908, l'empereur d'Allemagne Guillaume II vient rendre visite à Victor-Emmanuel III, à Venise ▲. Cette rencontre ne change pas le cours d'une relation sans réelle proximité.

En Italie, le 29 juillet de la première année du siècle voit la mort du roi Humbert Ier, assassiné à Monza par un anarchiste italien. Ce dernier, qui vivait aux Etats-Unis dans une petite ville du New Jersey, était revenu dans son pays d'origine afin de venger les centaines de morts faits par l'armée lors des émeutes de Milan en 1898. Evénement symbolique d'une Italie vivant douloureusement sa mutation industrielle et tout aussi difficilement son cheminement vers un Etat-nation encore à construire, alors que le Vatican récuse toujours le régime et que le Mezzogiorno est parcouru de mouvements de révolte contre la tutelle pesante de la maison de Savoie et de ses fonctionnaires.

La surpopulation de campagnes souvent misérables encourage à l'exode vers les villes (entre 1900 et 1911, 400 000 ouvriers trouvent à s'employer dans les usines du Nord) ou à l'émigration vers les Amériques (de 1901 à 1914,

ils sont huit millions à quitter le pays). Cependant, les luttes sociales (comme la grève générale en 1904), accompagnant le décollage industriel dans les villes du Nord soutenu par l'apport de capitaux extérieurs (essentiellement allemands), aboutissent à une amélioration des conditions de vie de la classe ouvrière bientôt représentée à la Chambre par de nombreux députés d'un parti socialiste en pleine expansion.

Réconciliation
L'Italie, qui s'était brouillée avec la France dans les années 1880 à propos de la Tunisie, se rapproche d'elle grâce, en particulier, aux sentiments francophiles de l'équipe dirigeante de Victor-Emmanuel III. Les visites du président Loubet en Italie ◄ ▲ (ici en avril 1904) ont permis d'établir plusieurs accords. En 1902, le gouvernement italien promet de ne pas entrer dans une guerre contre la France en cas de conflit provoqué par l'Allemagne.

DE LÉON XIII À PIE X

Le pontificat de Léon XIII (élu pape en 1878) avait été marqué par une volonté d'adaptation au nouveau monde de la science, du progrès, de l'industrie, des tensions sociales, du défi de la déchristianisation de la classe ouvrière, de la laïcisation des sociétés. En 1892, l'encyclique *Rerum Novarum* illustre cet aggiornamento de l'Eglise en dénonçant «la faction qui, maîtresse absolue de l'industrie et du commerce, détourne le cours des richesses» mais, parallèlement, le pape n'a pas de mots assez durs pour flétrir le socialisme, cette «peste mortelle», «folie d'hommes dépravés», système «impie, injuste et subversif».

Sur le plan international, Léon XIII maintient un rapport privilégié avec le monde germanique, ouvre des relations diplomatiques avec la Russie orthodoxe en 1894, normalise ses relations avec la France républicaine et, sur le plan intellectuel, approuve la réunion de congrès internationaux de savants tout

L'ouverture sur le monde

▼ Elu pape à 68 ans, mort à 93, Léon XIII, né en 1810, symbolise les contradictions de l'Eglise face aux idéologies de tout un siècle.

en ouvrant les archives et les rayons de la Bibliothèque vaticane aux chercheurs et historiens. Cet esprit d'ouverture, même timide, est loin d'être partagé par son successeur, Pie X, élu en 1903. En 1905, il rompt avec la France et sa politique de séparation de l'Eglise et de l'Etat. Deux ans plus tard, il condamne par un décret et une encyclique soixante-cinq propositions issues de ce qu'il est convenu d'appeler le « modernisme », avec ses doctrines touchant à l'agnosticisme et à l'évolutionnisme.

Il ordonne un strict contrôle des publications catholiques, surveille les séminaires et affirme qu'« il est conforme à l'ordre établi par Dieu qu'il y ait dans la société humaine des princes et des sujets, des patrons et des prolétaires, des riches et des pauvres qui, tous, unis par un lien d'amour, doivent s'entraider à atteindre leur fin dernière dans le ciel, et sur la terre, leur bien-être matériel et moral ».

Contre la modernité
Patriarche de Venise et cardinal en 1893, Giuseppe Sarto, pape sous le nom de Pie X ▲, utilise la curie romaine contre le « modernisme », se servant des nonces ▲ (ici en Espagne), comme relais.

LA PÉNINSULE IBÉRIQUE

Dans le souvenir de leurs splendeurs passés, l'Espagne et le Portugal abordent le XXe siècle avec de terribles difficultés. Leurs populations à grande majorité rurale vivent d'une agriculture archaïque où prévalent les grandes propriétés. Un clergé réactionnaire domine des sociétés peu alphabétisées (en 1900, on estime qu'à peine 44 % des Espagnols savent lire et écrire) et la vie politique est aux mains de «caciques» qui contrôlent les élections, ne laissant comme seule expression d'opposition que grèves et révoltes.

Le «dictateur» sifflé
Chef d'un gouvernement très autoritaire entre 1906 et 1908, le Portugais João Franco est vivement contesté en juin 1907 par les étudiants ▼.

Un jeune roi aimé
En juin 1908, Manuel II est acclamé ▲ après avoir destitué João Franco.

Leur spontanéité et leur violence sont à la mesure de la misère des campagnes et des faubourgs urbains de certains centres industriels qui font des Asturies, du Pays basque et de la Catalogne de véritables poudrières. D'autant que l'idéologie anarchiste y est particulièrement puissante.

A ces problèmes s'ajoutent, pour l'Espagne, les mouvements de revendication identitaire en Catalogne et au Pays basque, alors qu'à l'extérieur la perte des colonies de Cuba, de Saint-Domingue, de Porto Rico et des Philippines, face aux Américains, a été ressentie comme une profonde humiliation. De son côté, le Portugal doit mener une

longue guerre de plus de dix ans (1897-1911) pour parvenir à contrôler ses colonies du Mozambique et de l'Angola.

Pourtant, le grand mouvement de modernisation et de transformation économique ne laisse pas la péninsule Ibérique à l'écart. Le Portugal se désenclave grâce à la création d'un réseau ferré (3000 kilomètres construits de 1856 à 1912) et à d'imposants ouvrages d'art (tel le pont de Gustave Eiffel à Porto). Quant à l'Espagne, elle développe l'industrie textile en Catalogne et sait tirer profit de ses richesses minières. Mais aucune prospérité économique ne peut se bâtir durablement sans une certaine stabilité politique et sociale que démentent, par exemple, la «semaine sanglante» de Barcelone en 1909 et l'assassinat à Lisbonne en 1908 du roi Charles Ier et du prince héritier.

Un attentat manqué
Dans sa capitale, Madrid ▲, Alphonse XIII échappe à un attentat anarchiste ▼ le 31 mai 1906, jour de son mariage avec la princesse Victoria-Eugénie de Battenberg. La bombe, lancée sur le carrosse royal, tue une dizaine de personnes.

Proche de l'Angleterre et de l'Allemagne, l'Europe du Nord, de la Baltique à la mer du Nord, en partage le dynamisme économique.

Grâce à ses richesses en charbon, à ses manufactures, à son port d'Anvers, la Belgique devient une grande puissance industrielle, et sa population double en à peine un siècle pour atteindre 7700000 habitants en 1913. De nombreuses lois sociales accompagnent cette prospérité : création d'un ministère du Travail en 1895, lois sur le travail des femmes et des enfants, sur les pensions vieillesse (1900), sur les accidents du travail (1903), sur le repos dominical (1905). A la mort du roi Léopold II, en 1909, son successeur Albert Ier devient également le souverain de l'immense colonie du Congo intégré à son petit royaume, par ailleurs confronté aux prémices d'un mouvement flamand souhaitant affirmer une forme d'autonomie face à la prépondérance wallonne.

Le roi est mort
En décembre 1909, le roi Léopold II ▼ disparaît après 44 ans de règne. De tempérament absolutiste, il n'entrave pourtant pas le fonctionnement de la constitution et le rôle du parti libéral. Créateur de l'Etat indépendant du Congo, dont il est souverain à titre personnel, il y facilite l'action de grandes compagnies concessionnaires dont les revenus enrichissent la Belgique (le port d'Anvers ◄). Un an avant sa mort, le 20 août 1908, le Parlement de Bruxelles vote l'annexion du Congo au royaume.

Un symbole
Copenhague et sa petite sirène ►.

Les Pays-Bas voisins, fiers de leurs activités maritimes et de leurs possessions coloniales (Indonésie, Guyane hollandaise), sous la couronne de la jeune reine Wilhelmine, développent des industries de pointe (ainsi dans le domaine électrique) et demeurent une grande nation agricole.

Plus au nord, la Suède connaît une expansion démographique sans précédent qui encourage l'immigration (près d'un million de Suédois s'installent aux Etats-Unis de 1880 à 1910), fournit l'industrie en main-d'œuvre (surtout dans le domaine sidérurgique). Mais en 1905, la Norvège se détache d'elle par référendum.

Quant au Danemark, il poursuit la voie d'une agriculture intensive, source d'exportations.

La Norvège indépendante
Pour mener sa propre diplomatie, la Norvège rompt en 1905 avec la Suède par un coup de force au Parlement ▲ ratifié par référendum ▲.

L'autocratie
La cour de Russie vit à l'heure de l'autocratie. Le tsar protège une aristocratie ◄ riche d'immenses domaines. La famille des Romanov, qui a droit aux charges les plus élevées, songe essentiellement au maintien de ses privilèges et à son enrichissement.

Une famille refuge
Souverain à vingt-six ans, faible et irrésolu, Nicolas II s'isole en compagnie de sa famille ▲ liée par le sang aux plus grandes dynasties d'Europe. Aux côtés de sa femme Alexandra, princesse de Hesse-Darmstadt, et de ses quatre filles, figure son jeune fils Alexis.

Vide d'hommes sur des immensités, la Russie connaît cependant une véritable explosion démographique au début du siècle. L'Empire passe de 130 millions d'habitants en 1900 à 170 en 1913. Dans sa très grande majorité, cette population est composée de paysans attachés à leur terre, ayant gardé le souvenir des temps de servage (aboli en 1861) et que lie une forme de solidarité contre la bourgeoisie des villes et la noblesse terrienne. Ils ne possèdent qu'à peine un tiers des terres et beaucoup rêvent d'une réforme agraire. A côté de ce monde qui semble immuable mais qui commence à bouger dans ses profondeurs, grandes villes et régions riches en houille ou en pétrole se transforment au rythme d'un bouleversement industriel sans équivalent en Europe. Portées par un afflux considérable de capitaux étrangers, initiées par des chefs d'entreprise ambitieux et adeptes du capitalisme sauvage, servies par un réservoir de main-d'œuvre qui apparaît inépuisable et que l'on exploite sans vergogne, d'énormes usines s'édifient à Saint-Pétersbourg et à Moscou.

Ces changements économiques et sociaux s'accompagnent d'une grande effervescence politique (dont l'un des exemples

les plus lourds de sens est le congrès de 1903 du Parti ouvrier social-démocrate qui se partage entre bolcheviks et mencheviks) et d'une incomparable floraison artistique dans tous les domaines de l'avant-garde. Face à ce bouillonnement, le tsar Nicolas II gouverne, comme indifférent à la misère du pays et à son évolution. Sans réel projet politique, toujours tenté par le modèle autocratique inadapté à son époque, il se réfugie dans l'espace privé, celui de la famille des Romanov, celui de sa femme et de ses enfants, avec toute l'inquiétude que lui inspire la santé du tsarévitch Alexis, atteint d'hémophilie.

Une industrialisation rapide
La Russie s'industrialise ◄ à marche forcée. Les voies ferrées passent de 1500 km en 1860 à près de 80000 avant la Première Guerre mondiale. La production de charbon, d'acier et de fer est stimulée par des capitaux étrangers. Le prolétariat urbain est multiplié par 5 entre 1865 et 1910.

Le peuple des campagnes
Les paysans ▼ forment 80 % de la population mais ne possèdent que 37 % des terres. Le tsar s'attache à voir en eux le socle d'une Russie éternelle, pieuse et fataliste, soumise à son autorité et à celle de l'Eglise orthodoxe; telle est selon lui la volonté de Dieu.

LA GUERRE RUSSO-JAPONAISE

Sans projet d'envergure dans la conduite des affaires intérieures de la Russie, Nicolas II pense en avoir pour ce qui concerne son destin international. Il poursuit (non sans hésitations) la politique d'alliance avec Paris. Il reçoit le président de la République Emile Loubet après avoir été lui-même reçu triomphalement en France en 1896. Et s'il est mécontent de la mainmise anglaise sur l'Afghanistan, de la politique balkanique de l'Autriche-Hongrie et du surarmement allemand, c'est avec le Japon que les relations deviennent de plus en plus tendues.

Aucun des deux empires ne cache ses ambitions envers la Corée et la Chine du Nord. L'achèvement du Transsibérien symbolise les volontés expansionnistes du régime tsariste à l'est, tout comme les troupes stationnant en Extrême-Orient ainsi que les travaux de fortification de Port-Arthur, au sud de la Chine, tête de pont apparaissant inexpugnable. Au Japon, la caste militaire et celle des industriels souhaitent faire de la péninsule coréenne un protectorat nippon, et l'empereur ne désavoue pas les projets guerriers de son état major.

Le 8 février 1904, sans déclaration de guerre, les Japonais mettent le siège devant Port-Arthur, dont ils obtiennent la reddition le 2 janvier 1905. Ailleurs sur le front, les armées russes, mal équipées, mal ravitaillées, souvent mal commandées, loin de leurs bases arrière, après des batailles indécises, doivent partout céder du terrain. La défaite s'annonce inéluctable lorsque la flotte russe de la Baltique, envoyée pour secourir Port-Arthur, après un périple de huit mois autour du monde, est détruite par la flotte japonaise dans le détroit de Tsushima le 27 mai 1905.

Les pourparlers de paix deviennent alors inévitables, ils se déroulent à Portsmouth aux Etats-Unis et aboutissent

Une puissance nippone insoupçonnée
Bien que sa puissance industrielle et monétaire semble insuffisante pour soutenir un conflit contre l'une des grandes puissances européennes, le Japon, allié aux Anglais depuis 1902, s'assure de la neutralité des puissances occidentales. Cette première guerre en Asie aura pour témoins des journalistes et des cameramen, d'où ces images exceptionnelles.

à un traité qui permet aux Japonais de prendre pied sur la moitié de l'île de Sakhaline et, surtout, leur laisse les mains libres en Corée et en Mandchourie. Mais, au-delà de ces résultats, le choc dans le monde est celui de la défaite d'une nation blanche dans une guerre moderne face à un adversaire appartenant à une aire géographique longtemps méprisée par les Occidentaux.

Renforts par terre et par mer
En octobre 1904, de nouvelles troupes russes laborieusement acheminées par voie terrestre paraissent reprendre l'avantage ◄. Mais l'escadre de la Baltique ▲ qui doit lui prêter main forte n'arrive qu'en mai 1905 dans le détroit de Tsushima. La flotte russe attaquée par surprise est détruite; 19 de ses 37 bâtiments sont coulés, tandis que 5 autres tombent aux mains des Japonais.

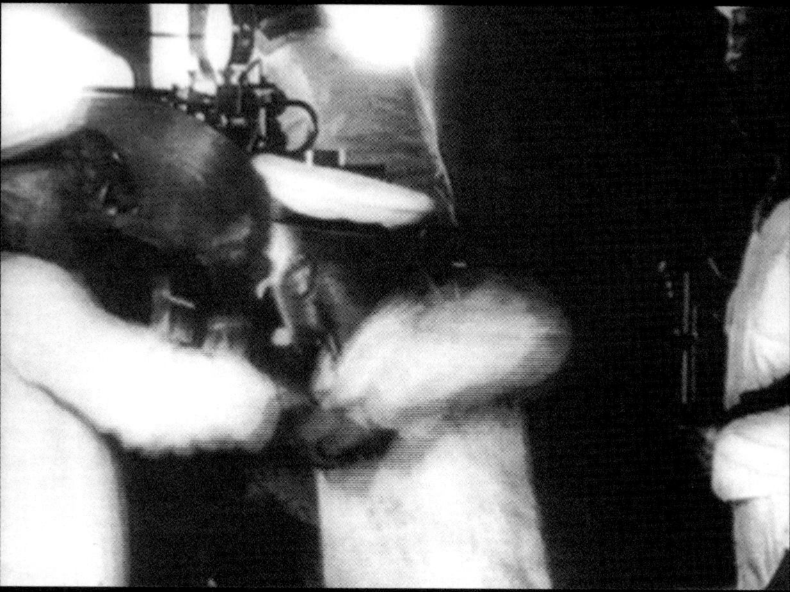

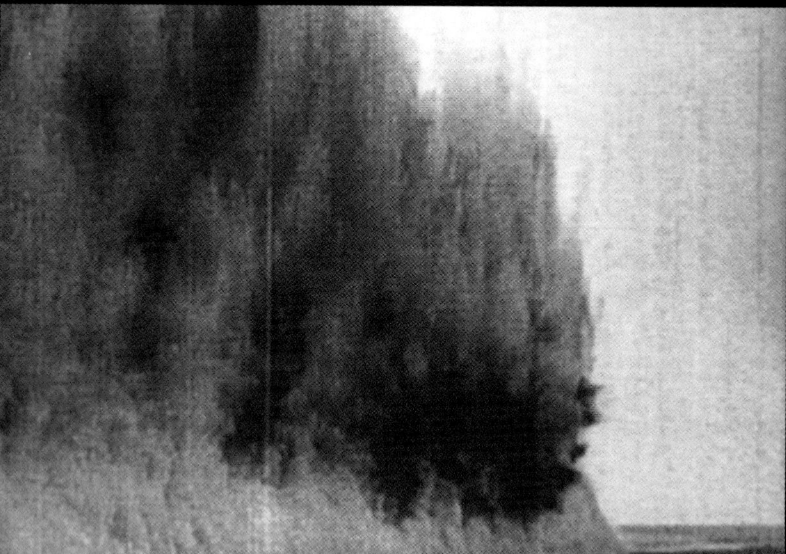

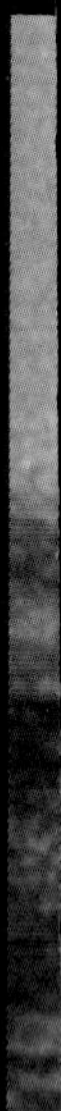

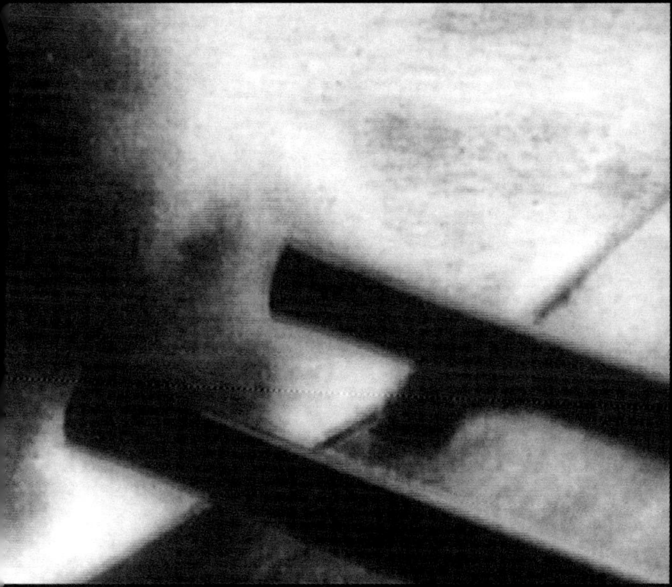

Sur le vif, des images floues qui, pour la première fois, font voir un désastre en direct : un bâtiment de la flotte russe, foudroyé par les canons japonais au cours de la bataille de Tsushima. Cet épisode illustre la domination de la marine nippone, très bien préparée lors de son entrée dans le conflit. Le programme naval russe, à l'inverse, était inachevé. Commandés par l'amiral Heihachirō Tōgō, les Japonais démontrent la supériorité de leur armement naval et la qualité de la formation de leurs marins. A l'issue du combat, ils dénombrent seulement une centaine de morts contre environ 5000 du côté russe auxquels s'ajoutent quelque 6000 prisonniers, dont le commandant de la flotte, l'amiral Rodjestvensky. Interrogé des années plus tard sur ses adversaires, l'amiral Togo devait déclarer que c'était de «braves gens, mais trop divisés».

L'annonce des désastres russes en Mandchourie, les centaines de milliers de soldats tués, blessés ou prisonniers, l'impéritie du commandement, la misère des campagnes et des quartiers ouvriers des villes sont à l'origine de troubles, de grèves, de mutineries et d'émeutes dans tout l'Empire. Le 9 janvier 1905 (selon le calendrier russe, soit le 22 janvier du calendrier grégorien que la Russie n'adoptera que le 16 février 1918), une manifestation-procession, dirigée par le pope Gapone (qui se révélera être un agent provocateur), se met en marche dans Saint-Pétersbourg. Les manifestants souhaitent remettre au tsar une pétition dénonçant le«despotisme et l'arbitraire» et affirmant qu'il vaut «mieux mourir que de continuer à supporter ces tourments intolérables».

Sur la perspective Nevsky, le texte est pris au pied de la lettre. Les régiments cosaques chargent et ouvrent le feu : 1 000 morts et plus de 2 000 blessés. Ce «Dimanche rouge» marque le début d'affrontements et d'assassinats (dont, le 4 février, celui du grand-duc Serge qui avait dirigé la répression) dans toutes les provinces de l'Empire. La Finlande, la Pologne, les provinces baltes, le Caucase et la Sibérie se soulèvent. Des soviets (assemblées), parfois dirigés par des bolcheviks du Parti ouvrier social-démocrate, comme Trotsky pour celui de Saint-Pétersbourg, organisent la révolte. Des troubles ethniques ajoutent au chaos. Fin juin, des mutins prennent le contrôle du cuirassé *Potemkine* et le nom du navire (qui se réfugie dans un port roumain le 9 juillet) devient le symbole d'une situation révolutionnaire bientôt réprimée dans le sang, même si Nicolas II accepte la convocation d'une Douma (parlement) dissoute dès l'année suivante…

Le théoricien
En 1905, Trotsky ▶ formule sa théorie de la «révolution permanente». A ses yeux, le pouvoir doit être exercé par le seul prolétariat, «seule classe capable de se tenir à la tête des masses exploitées».

Une éphémère Douma
L'assemblée accordée par le tsar ▼ donne l'illusion d'un progrès démocratique. En fait, Nicolas II ne peut accepter cette concession érodant son pouvoir autocratique.

Sanglante répression
Les salves ▶ des cosaques contre une foule désarmée ◀ marquent une rupture définitive entre le tsar et son peuple.

Le *Potemkine*, le plus beau et le plus prestigieux cuirassé de la flotte russe, navigue en mer Noire lorsque, le 27 juin 1905, les marins, exaspérés par le comportement de leurs officiers, refusent la viande avariée des cuisines du bord. Pour l'exemple, le commandant en second exécute l'un des matelots et exige le retour à la discipline. En quelques minutes, l'équipage se révolte, jette des officiers à la mer et arbore le drapeau rouge. Cette action isolée, en mer, se poursuit en rade d'Odessa où les marins du *Potemkine* retrouvent pour les obsèques de leur camarade les ouvriers du port entrés en rébellion. Le général Kokhanov fait tirer sur la foule. C'est le massacre. Le *Potemkine* reprend la mer, rejoint les eaux territoriales de la Roumanie et accoste au port roumain de Constanza où l'équipage obtient le droit d'asile politique et débarque le 9 juillet.

Continent aux frontières sans cesse disputées, l'Europe ne manque pas de territoires partagés entre les ambitions contradictoires d'impérialismes en situation d'affrontement. Ainsi dans les Balkans, où s'opposent trois sphères d'influence : celle de la Turquie ottomane en plein déclin, celle,

Une ville de contrastes
La partie nouvelle de Sarajevo ◄, construite à partir de 1878 sous la domination autrichienne, forme le centre administratif et économique. Elle contraste avec la partie ancienne de la ville, où marchés turcs et mosquées portent la trace de l'influence orientale ▲.

germanique et catholique, de l'Autriche-Hongrie qui tient à ses territoires de Slovénie et de Croatie et celle, slave et orthodoxe, de la petite Serbie soutenue par la Russie.

A la fin du XIXe siècle, sous la couronne des Obrenovic, ce petit pays, soucieux de bonnes relations avec Vienne, reste dans l'orbite de la monarchie austro-hongroise mais, dans la nuit du 11 au 12 janvier 1903, le roi Alexandre, sa famille et ses fidèles sont assassinés par un groupe d'officiers qui portent au pouvoir le clan Karadjiordjevic, dont le chef prend le nom de Pierre Ier. La politique de ce dernier est claire : rompre avec l'alliance autrichienne, promouvoir un programme pro-serbe et se rapprocher de la Russie.

Après avoir hésité devant une intervention militaire, François-Joseph accepte le fait accompli mais, cinq ans plus tard, en octobre 1908, l'Autriche-Hongrie annexe la Bosnie-Herzégovine peuplée de Slaves du Sud avec Sarajevo comme ville principale, au grand dam de la Serbie et du tsar. La tension dans les Balkans s'en trouve encore augmentée et les représentants des grandes puissances jugent la situation pour le moins lourde de dangers futurs...

Pierre Ier couronné
Après avoir fait une entrée solennelle à Belgrade ▼, Pierre Ier est couronné le 21 septembre 1904 et monte sur le trône de Serbie ▲. Comme ses prédécesseurs, il incarne la force d'un sentiment national, qui, depuis l'indépendance complète de la Serbie en 1878, veille jalousement à préserver l'identité du pays.

L'EMPIRE OTTOMAN OU L'IMPOSSIBLE RENOUVEAU

Au carrefour de la Méditerranée, de la mer Noire et de la mer Rouge, avec Istanbul comme capitale mythique, l'Empire ottoman régresse tout au long du XIXe siècle. Des territoires entiers lui échappent peu à peu, soit qu'ils obtiennent leur indépendance, comme la Grèce, soit qu'ils passent sous la domination de puissances coloniales, comme l'Algérie, l'Egypte, la Tunisie, le Koweït, l'Albanie, sans compter la progressive perte d'influence dans les Balkans.

Une voie stratégique
Entre les Dardanelles et le Bosphore ▶, la Turquie tient la position de détroits stratégiques, et la Russie rêve de contrôler cette voie. La circulation des navires, bien que libre, est à la portée des canons turcs.

Le carrefour de l'Empire
▼ Istanbul est la grande métropole moderne d'un pays encore largement rural. Toutes les nationalités et les religions de l'Empire s'y côtoient. Grecs et Arméniens y constituent, en particulier, des minorités fortes et influentes.

Economiquement, l'Empire doit céder la concession de ses richesses par pans entiers à des sociétés européennes et c'est l'Allemagne qui construit le chemin de fer du *Bagdadbahn* mettant en relation Berlin avec le golfe Persique alors que la Grande-Bretagne s'empare de la Mésopotamie et que la Russie ambitionne le contrôle total de la mer

Les signes du déclin
Les officiers Jeunes-Turcs et les députés d'un parlementarisme balbutiant ▼ qui réclament la liberté politique et le respect de la Constitution encouragent à manifester ◄ contre le gouvernement.

Le réveil des nationalités
Face aux pertes successives de territoires, aux menaces extérieures, à la mainmise de capitaux européens sur l'économie, se développe un nationalisme virulent dirigé contre les minorités non musulmanes et non turques. Il s'agit aussi d'en finir avec les privilèges juridiques, fiscaux et commerciaux accordés depuis le XVIIIe siècle aux ressortissants des pays chrétiens d'Occident.

Noire et des Détroits. Humiliés par cette situation, nombre d'intellectuels et d'officiers formés en Occident en font porter la responsabilité au sultan Abdülhamid II, qui ne trouve comme réponse à la mainmise étrangère que d'en appeler à la cohésion des musulmans et au massacre de minorités, tels les Arméniens en 1896 et 1898. Rassemblés dans le comité Union et Progrès, influencés par les leçons de la Révolution française et la croyance dans le progrès, ces «Jeunes-Turcs» réclament le retour à la Constitution de 1876, jamais appliquée par le sultan, et exigent de profondes réformes. En juillet 1908, à la suite de mouvements de révolte, un parlement se met en place. Mais une réaction absolutiste du souverain provoque la marche de l'armée de Thessalonique sur Istanbul (avril 1909) et la destitution du sultan, bientôt remplacé par son frère Mehmet V, qui laisse le parti des Jeunes-Turcs gouverner en son nom.

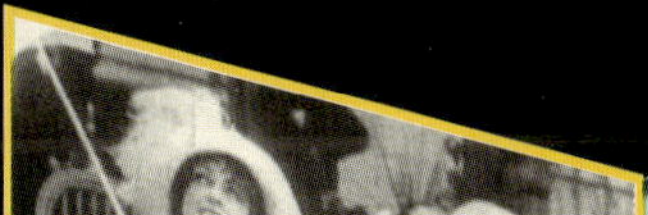

ONE

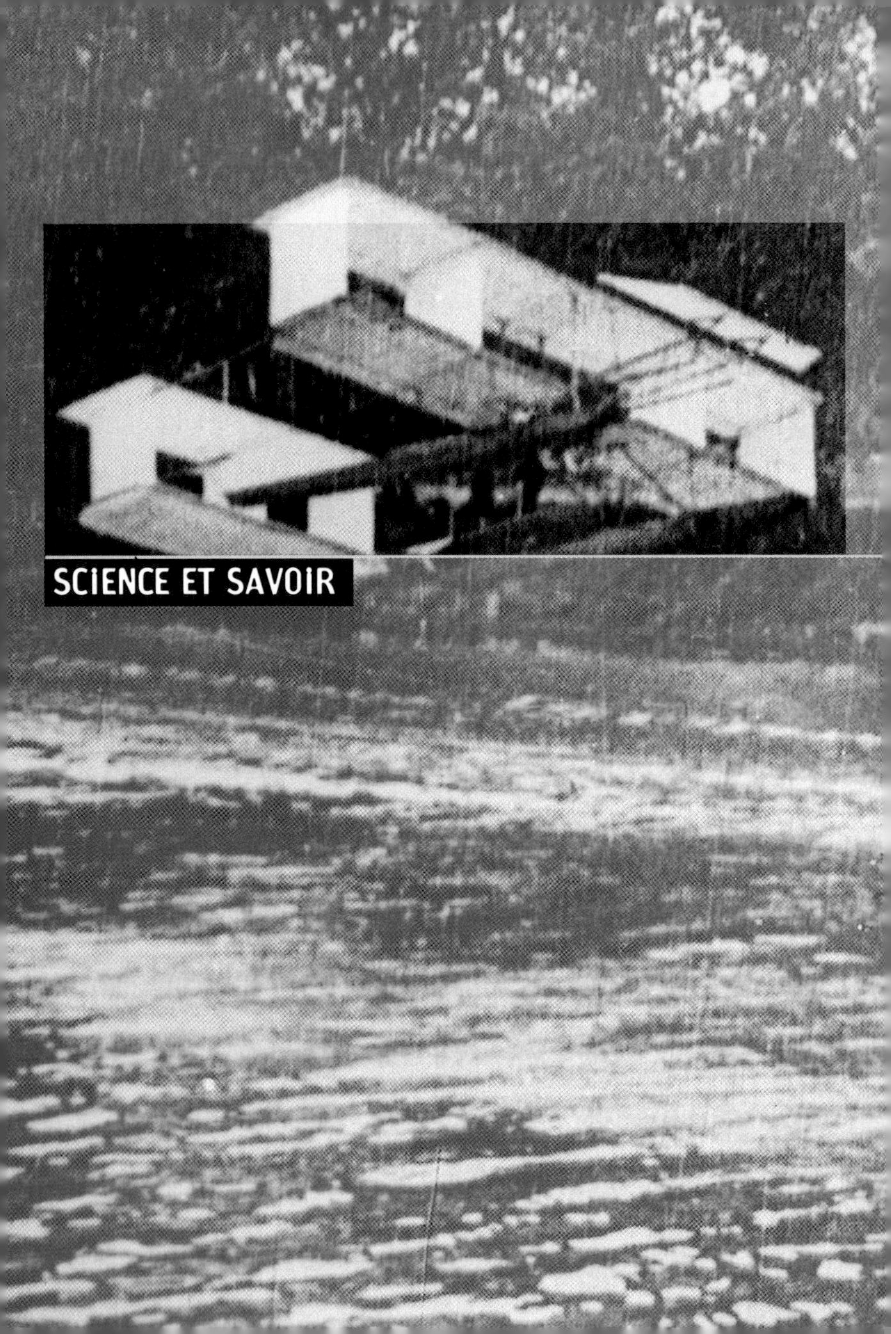
SCIENCE ET SAVOIR

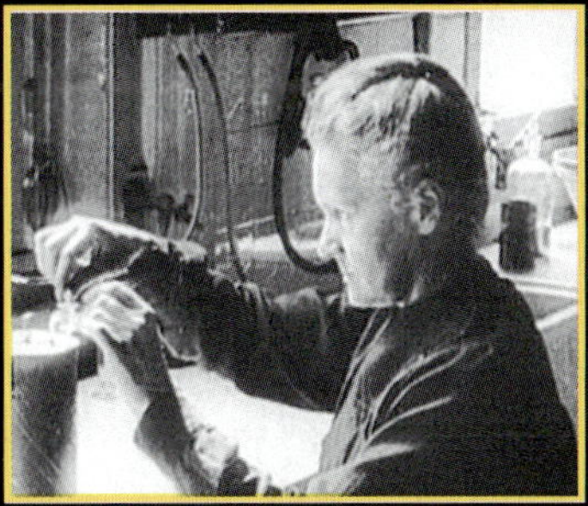

Malgré toutes les crises, les guerres,
les tensions nationales
ou internationales, rien n'entame
l'idée de progrès qui parcourt
les sociétés occidentales.
Tout semble possible à ceux
et à celles qui voient la médecine
gagner sur la maladie, les machines
vaincre les distances, l'enseignement
abattre l'ignorance
et les explorateurs repousser
les limites du monde.

Lecture pour tous
La presse se décline sous de multiples formes. Dans les kiosques ◄ ou par abonnement (avec le risque de grèves postales, comme dans ce dépôt ►), une presse d'opinion côtoie la presse d'information générale de qualité (*The Times* en Grande-Bretagne, *Le Temps* en France). La presse populaire (*Daily Mail, Le Petit Parisien*) accorde aux faits divers une place importante. De leur côté, les magazines spécialisés (sports ◄, magazines de mode) se développent, ainsi que la presse enfantine.

Avec le siècle commence, pour la presse, une période glorieuse. Face à des publics désormais alphabétisés dans leur grande majorité, les nations industrialisées voient naître une floraison de journaux dont les titres dépassent souvent, quotidiennement, le million d'exemplaires. Afin de toucher ce nouveau lectorat, les patrons de presse privilégient le fait divers, l'illustration dramatique ou héroïque, le roman-feuilleton et les reportages sur le vif.

De nouvelles découvertes techniques permettent de recourir aussi à la photographie (en 1907, Edouard Belin invente le «bélinographe», procédé qui a pour but la transmission à distance d'épreuves photographiques en usant de lignes téléphoniques spéciales). Avec le développement des lignes de chemin de fer, la fréquence des liaisons maritimes et bientôt

l'automobile, les reporters peuvent se rendre aisément sur les lieux d'un drame ou d'un conflit et en donner rapidement un compte rendu ou un article par télégraphe ou téléphone. Le conflit russo-japonais de 1905 est «couvert» par des envoyés de la presse internationale, tels l'Américain Jack London ou le Français Ludovic Nadeau (travaillant pour *Le Journal*), qui, prenant tous les risques, est même fait prisonnier par les Japonais aux abords de Moukden!

A l'utilisation de la photographie s'ajoute celle de la caricature, du dessin de reconstitution, de la bande dessinée (dont l'usage devient courant dans les quotidiens américains, tels le *New York World*, dirigé par Joseph Pulitzer, et le *New York Journal*, dirigé par W. R. Hearst). Les pages s'ouvrent également à la publicité, dont on commence à mesurer l'impact sur les lecteurs.

Les progrès de la technique
Le bélinographe transmet à distance les photos ▲; la linotypie, qui fond d'un bloc chaque ligne, remplace l'assemblage des caractères à la main.

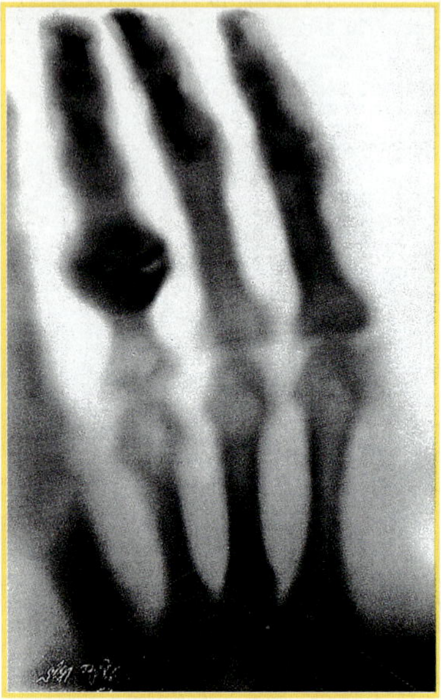

Mieux formés, mieux armés contre les maladies grâce à la découverte de médicaments nouveaux (telle l'aspirine en 1906), les médecins deviennent partout en Occident des notables confiants dans les progrès de la science. Relayés par l'école, ils sont les premiers propagateurs d'une politique d'hygiène, qui cherche à convaincre de l'importance de la propreté, de la salubrité de l'air et de l'eau. Démunis face au terrible fléau de la tuberculose, que l'on peut détecter dès 1900 par la radioscopie grâce aux rayons X (mis en évidence par le physicien allemand Röntgen en 1895) mais qu'ils ne peuvent prévenir, les médecins sont mieux armés contre la variole, dont la vaccination devient obligatoire en de nombreux pays (en France dès 1902).
De même, l'usage du chloroforme permet aux chirurgiens d'opérer dans des conditions nouvelles par anesthésie totale.

De nombreux praticiens se préoccupent aussi des maladies

Diagnostiquer
Grâce à l'utilisation des rayons X, il est devenu possible de «voir» l'intérieur du corps ◄ et de dépister des maladies.

Se protéger
L'asepsie est devenue le mot clé de la médecine. Par tous les moyens, il faut lutter contre les germes de maladies. L'utilisation de pansements ouatés pour le soin des blessures ► est un des moyens pour empêcher la propagation des infections, en particulier de la gangrène.

Découvrir
La recherche progresse grâce aux travaux des scientifiques, telle Marie Curie ▼, double prix Nobel (1903 et 1911) pour ses découvertes sur la radioactivité.

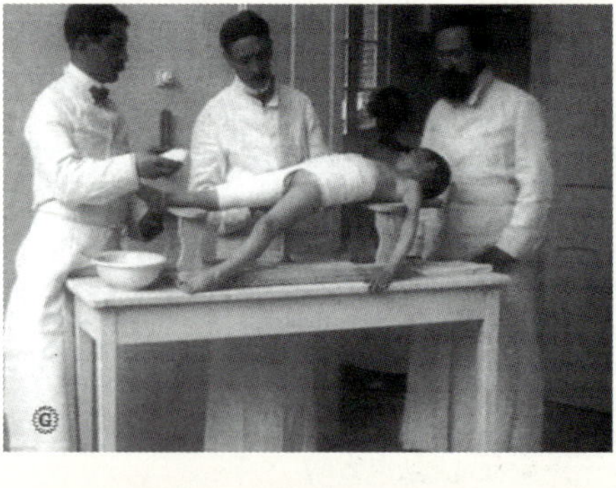

nerveuses et mentales. L'Autrichien Sigmund Freud publie en 1900 *La Science des rêves* et, cinq ans plus tard, *Trois Essais sur la théorie de la sexualité*, textes fondateurs de la psychanalyse, précédant la création, en 1908, de la Société psychanalytique de Vienne.

Mais la médecine, les soins, les cures dans les stations thermales sont réservés aux classes aisées. Consultations et médicaments coûtent cher et il n'existe pas de système généralisé de protection sociale, même si tendent à se multiplier les dispensaires, la médecine scolaire et la gratuité de certains traitements.

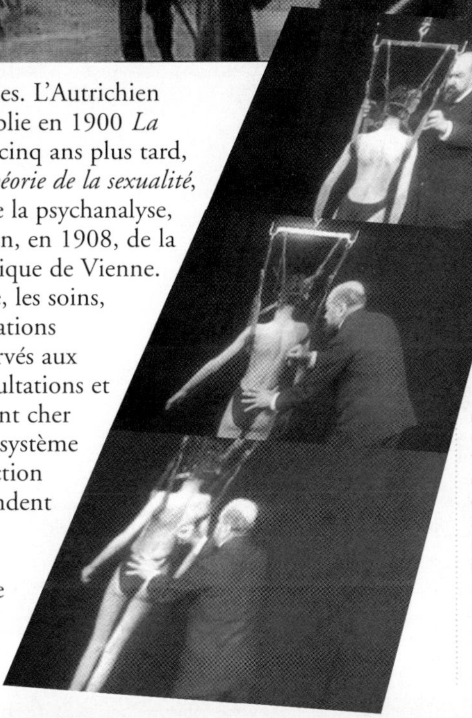

Soigner
La cure thermale soigne certaines maladies; mais c'est aussi une forme de villégiature ▲ appréciée de la bourgeoisie. Des méthodes rudimentaires sont parfois naïvement employées pour tenter de guérir des maladies mal connues. Une ataxie d'origine neurospinale est ici traitée par la simple suspension du malade à des sangles ▶!

Le XIXe siècle avait été le siècle des explorateurs et des géographes, celui d'une connaissance de plus en plus précise des terres et des mers. En 1900 ne demeurent plus comme taches vierges sur les atlas que des zones de forêts équatoriales, des parties de déserts et surtout les deux pôles, encore inviolés. En 1895, le Norvégien Nansen avait tenté l'exploit de la conquête du pôle Nord et, l'année suivante, le Suédois Anchée essayait d'atteindre le même objectif à l'aide d'un ballon dirigeable qui se perdit dans les glaces (on ne retrouva son cadavre et celui de ses compagnons qu'en 1930!). C'est un ingénieur américain, Robert E. Peary ◄, qui relève le défi en se préparant avec soin, s'entraînant au Groenland et rassemblant une vingtaine de traîneaux tirés chacun par sept chiens. Comme il le dit lui même, il souhaite «trouver la gloire d'un Christophe Colomb».

Partie le 1er mars 1909, l'expédition, en plusieurs étapes, se dirige vers le pôle. Le 27 avril, revenu vers son camp de base à bord du navire *Roosevelt*, Peary affirme avoir atteint son objectif le 6 avril. Mais un autre explorateur américain, Frédéric Cook ▲, affirme en avoir fait autant, près d'un an auparavant. La polémique, encouragée par les grands quotidiens américains, se conclut par un vote du Congrès ! Ce dernier, par 135 voix contre 34, déclare Peary vainqueur officiel du pôle Nord mais il demeure toujours un doute, faute de posséder pour chacun des deux rivaux des preuves tangibles de leur exploit. Ni l'un ni l'autre n'ayant fait d'observations sérieuses de longitude et de déclinaison. Et le mystère demeure...

De l'artisanat à l'industrie
Après des débuts modestes – 4000 voitures en 1900 aux Etats-Unis, 3000 en France construites par les frères Renault entre 1900 et 1904 –, les cadences augmentent. 25000 voitures sortent des usines américaines en 1905, alors que la France prend la tête du marché mondial (taxis ◄ et limousines ▼ à Paris).

A la fin du XIXe siècle, l'automobile utilise plusieurs modes de propulsion et c'est au volant d'un véhicule électrique qu'en 1899 le Belge Jenatzy dépasse les 100 km/h. Cependant le moteur à explosion emporte rapidement l'adhésion des constructeurs qui améliorent chaque année moteurs, transmissions et suspensions. De même, grâce aux inventions des frères Michelin, les roues se couvrent de bandages en caoutchouc plein bientôt adoptés par tous les constructeurs.

A l'origine, les automobiles sont produites dans de petits ateliers adaptés à des commandes en nombre réduit. L'augmentation du marché, l'engouement d'un public fortuné pour le nouveau moyen de locomotion mènent à la

construction de véritables usines. Elles portent le nom de leurs fondateurs (Ford à Detroit aux Etats-Unis, Renault et Panhard en France, Daimler-Benz en Allemagne, Rolls-Royce en Angleterre) ou sont le fruit d'une association de capitaux, comme FIAT (Fabrica italiana automobili Torino) en Italie.

Mais avant de devenir un objet d'usage commun, l'automobile reste un luxe porté par des aventuriers de la vitesse et de l'endurance, tels les concurrents du raid Pékin-Paris de l'été 1907, remporté par le prince Scipion Borghèse au volant de son *Italia.*

Un objet de rêve
Les premiers salons lui sont consacrés : le Salon de l'automobile de Paris ◄ est créé en 1898.

Un nouveau spectacle
L'automobile est aussi un sport et un objet de défi. Les records se succèdent inséparables des premiers accidents ▼: après les 100 km/h de Jenatzy, les 140 km/h sont atteints en 1903. Les compétitions se multiplient : Paris-Berlin, tour d'Italie en 1901, Paris-Vienne en 1902. Le premier Grand Prix de France sur le circuit de la Sarthe ► est créé en 1906 et remporté par Szisz sur une Renault, à 101 km/h de moyenne.

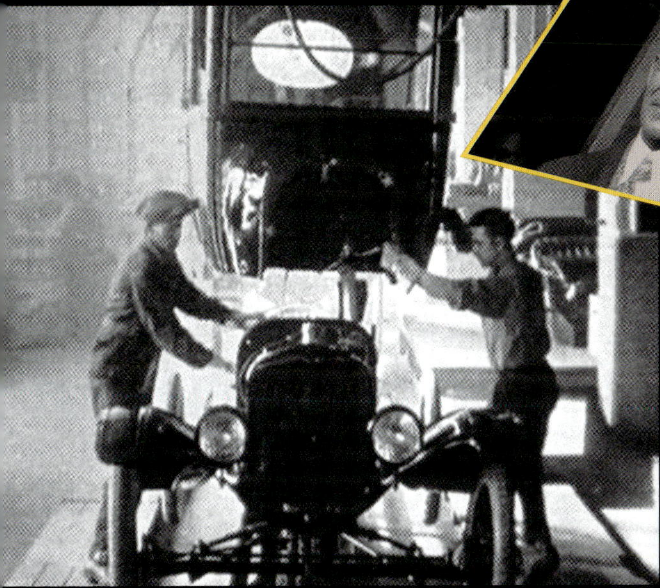

La première Ford T sort des usines de la Ford Motor Company le 12 août 1908. Henry Ford ▲ réalise le défi qu'il avait lancé lors de la fondation de sa société en 1903 : «construire une automobile destinée à la grande masse, disponible dans n'importe quelle couleur pourvu que ce soit le noir». La célèbre boutade de Ford résume les contraintes, dont il saura faire une force, d'un nouveau mode de production. En effet, première automobile produite en série, la Ford T est abordable et simple d'utilisation. Vendue au prix de 850 dollars, elle passe de 18 664 exemplaires en 1909 à près de 170 000 en 1912, et devient l'un des symboles des débuts de la consommation de masse.

Le 17 décembre 1903, dans un champ de Kitty Hawk en Caroline du Nord, aux Etats-Unis, les frères Wilbur et Orville Wright volent sur un aéroplane, le *Flyer I*, pendant 59 secondes sur 260 mètres à 3,5 mètres du sol! Modeste performance, saut de puce qui annonce un incroyable cycle de progrès et d'inventions auxquels contribuent Américains et Européens dans une surenchère d'exploits.

En 1904, les frères Wright effectuent un vol de 4 kilomètres puis, l'année suivante, ils parcourent sur *Flyer III* une distance de 39 kilomètres. Quatre ans plus tard, installés en France, ils atteignent une altitude de 115 mètres et volent sur près de 120 kilomètres.
Ils se font bientôt connaître du grand public qui vient assister aux premiers meetings aériens qu'animent également les Français Henri Farman et Louis Blériot et le Brésilien Santos-Dumont.

Ingéniosité
Grâce aux précieux conseils de l'ingénieur Octave Chanute, les frères Wright ont mis au point leur premier aéroplane, le *Flyer I* ▼, équipé de deux hélices et d'un moteur à explosion léger.

L'enjeu
Les premiers aviateurs se heurtent à de nombreux problèmes techniques. Beaucoup d'accidents ◄ s'expliquent par la difficulté de concevoir un moteur à la fois puissant et léger. Levasseur y parvient le premier avec son moteur « Antoinette ».

Les « plus lourds que l'air » ont encore des formes bizarres, des voilures impressionnantes tendues sur des structures de bois très légères. Les accidents sont fréquents mais la faible vitesse et le peu d'altitude atteintes par ces drôles de machines les rendent rarement meurtriers. Louis Blériot connaît, sans graves dommages corporels, trente-deux accidents entre 1907 et 1909! La presse mondiale suit de près les progrès de l'aviation et dote chaque nouvelle étape de la conquête du ciel de prix importants, ainsi le *Daily Mail* de Londres qui promet une prime de 1 000 livres sterling au premier aviateur parvenant à traverser la Manche…

Le premier record homologué
Le 12 novembre 1906, le Brésilien Alberto Santos-Dumont ▶ réalise devant des officiels, sur la pelouse de Bagatelle, à bord d'un aéroplane de sa construction, le *14 bis,* le triple record de durée (21,05 s), de distance (220 m) et de vitesse (41,292 km/h). L'avion décolle cependant à peine du sol, au point d'obliger les commissaires à se coucher pour vérifier si les roues ont bien quitté la terre ferme. Il faut attendre 1909 pour voir le Français Latham atteindre d'un coup d'aile le record de 155 m d'altitude.

BLÉRIOT TRAVERSE LA MANCHE

Né à Cambrai en 1872, fabricant de phares à acétylène pour automobiles, Louis Blériot n'a qu'une passion : l'aviation. Dès 1900, à Levallois, dans la banlieue parisienne, il met au point sa première machine volante conçue avec deux ailes battant comme celles d'un gigantesque oiseau mécanique. Il s'associe ensuite avec Gabriel Voisin, fondateur, en 1906, de la première usine française de construction d'aéroplanes, et consacre toute sa modeste fortune à concevoir un engin fiable auquel il donne à chaque fois son nom suivi d'un numéro. A l'été 1909, il met au point un bon appareil, le *Blériot XI* propulsé par un moteur de 24 chevaux qui lui permet d'atteindre des pointes de 80 km/h à 25 m de hauteur. Ce monoplace élégant mesure 8 m de long, avec 7,80 m d'envergure. Confiant dans son matériel, poussé par la concurrence d'Henri Latham qui vient d'échouer dans

une tentative de traversée de la Manche le 19 juillet, Blériot, malgré une brûlure au pied gauche occasionnée par des jets d'huile brûlante, décide de tenter l'exploit. Le 25 juillet, à 4 h 41 du matin, il décolle du lieu dit «Les Barraques», près de Calais, et survole la mer sans repères ni boussole. «Pendant dix minutes, je fus abandonné à moi-même, isolé au milieu de la mer, sans point de repère à l'horizon.» A 5 h 12, un douanier anglais de Douvres accueille le héros, qui vient d'atterrir sur une petite prairie du North Fall Meadow...

OBJETS

Le siècle naissant rêve avec
l'Exposition universelle de Paris,
parcourt l'espace des villes grâce
au tramway et au métropolitain,
lève les yeux au passage
des gigantesques ballons
dirigeables, embarque
sur les géants des mers et apprend
à communiquer par la voix enregistrée
ou portée par le téléphone.

L'idée de construire des chemins de fer à l'intérieur des métropoles est mise en pratique à Londres dès 1863, à New York cinq ans plus tard et à la fin du siècle à Budapest, Glasgow et Vienne.

Paris accueillant l'Exposition universelle de 1900 décide de se doter également d'un «métropolitain», que l'on souhaite le plus moderne et le plus performant de son temps. Sous l'égide de l'architecte Fulgence Bienvenüe, les premiers travaux débutent fin 1898 et, le 19 juillet 1900, la première ligne est ouverte entre la porte de Vincennes et la porte Maillot, suivie de deux autres tronçons dans les mois qui suivent. Dans des tranchées de 20 mètres de profondeur ont été descendues d'énormes structures d'acier protégeant lignes et stations parées

Un retard comblé
Inauguré en 1867, le métro new-yorkais forme au départ un réseau aérien de surface édifié sur de gigantesques ponts en bois puis en acier ◄. Le réseau est resté limité jusqu'en 1904, date à partir de laquelle les lignes reliant Manhattan à Brooklyn et au Bronx sont construites. Le succès est alors très grand : en 1910, la compagnie IRT transporte en moyenne 300 000 personnes par jour.

Un chantier pharaonique
A l'inverse de New York ◄, Paris se dote d'un métro en souterrain, ce qui nécessite le creusement d'énormes percées (ici à la station Cité ▼).

de céramique blanche. Même si certains tronçons se présentent à l'air libre, la construction doit affronter des problèmes complexes, en particulier dans le creusement de tunnels sous la Seine et ses affluents. Dès son ouverture, avec ses entrées de stations conçues par l'architecte Hector Guimard dans le plus pur style Art nouveau, le métro devient, comme la tour Eiffel, l'un des symboles de Paris. Le maillage des lignes est particulièrement serré et aucune station n'est éloignée de la suivante de plus de 600 mètres. Mais les conditions de sécurité du moyen de transport alors le plus moderne du monde ne sont pas encore absolues, comme le prouve l'accident du 11 août 1903 où 84 voyageurs périssent dans un incendie.

Le style Guimard
Hector Guimard a réalisé en un temps record pavillons d'entrée ▲, candélabres et enseignes, symboles du modern style.

PLUS LÉGER QUE L'AIR...

Parallèlement à l'essor de l'aviation, celui des dirigeables participe à la conquête de l'air. Tout commence au milieu du XIXe siècle lorsque le Français Henry Giffard construit un premier dirigeable motorisé qui relie Paris à Trappes le 24 septembre 1852 à la vitesse maximale de 10 km/h! Il faut un demi-siècle pour voir des progrès décisifs s'accomplir grâce à des ballons gonflés à l'oxygène et mus par des moteurs à essence. En 1901, le richissime Brésilien Alberto Santos-Dumont relie Saint-Cloud à la tour Eiffel et retour en une trentaine de minutes sur un engin de sa conception. L'année suivante, des Anglais, les frères Spencer, survolent Londres. Et, en 1904, le *California Arrow* de Thomas Balwin impressionne les visiteurs de l'Exposition universelle de Saint Louis, aux Etats-Unis. En 1905, les Français Paul et Pierre Lebaudy effectuent un premier vol libre au-dessus de Paris, sur un engin à enveloppe semi-rigide.

Mais c'est en Allemagne, avec les initiatives acharnées du comte Ferdinand von Zeppelin, que les progrès sont décisifs. En 1908, son *LZ 4*, équipé de puissants moteurs sous une enveloppe rigide, une carène d'une centaine de mètres, parcourt 300 kilomètres, du lac de Constance vers la Suisse, en 12 heures de vol autonome. L'année suivante voit la naissance de la DELAG (*Deutsche Luftschiffahrts-Aktion-Gesellschaft*). Dans toute l'Allemagne, de nombreuses villes construisent des hangars pour abriter les énormes dirigeables. Commencent alors les premiers vols de passagers payants pour des baptêmes de l'air, mais le temps n'est pas encore aux vols commerciaux, alors que beaucoup songent aux usages militaires de ces engins fabuleux...

Les «plus légers que l'air»
A Paris, en janvier 1909, ballons et dirigeables sont exposés au Salon de l'aéronautique, sous les voûtes du Grand Palais ◄. Mais le plus impressionnant est de voir ces géants entrer ou sortir de leurs immenses hangars ▼ ▲ ►.

La première sortie d'un zeppelin
Le 2 juillet 1900, le *LZ 1*, long de 128 m, survole à 400 m d'altitude le lac de Constance ►, parcourant 6 km en 17 min.

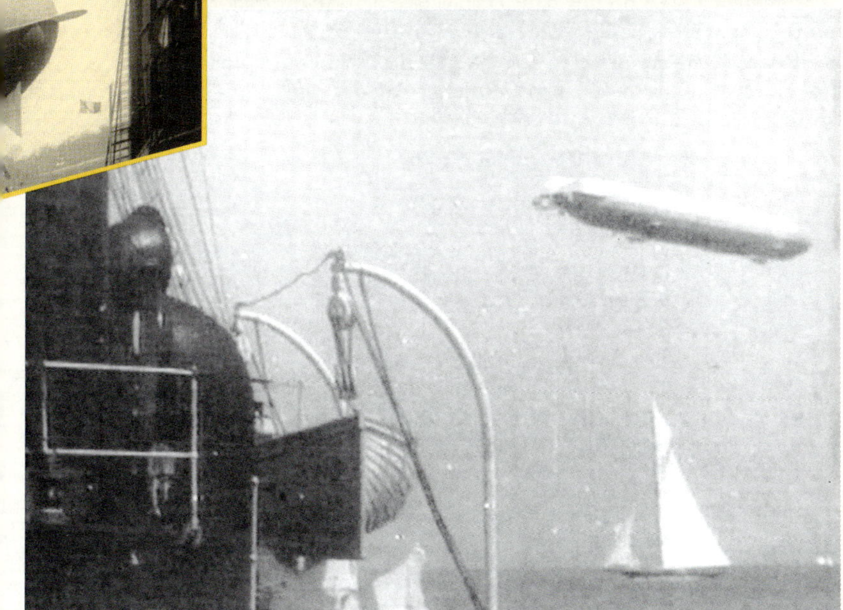

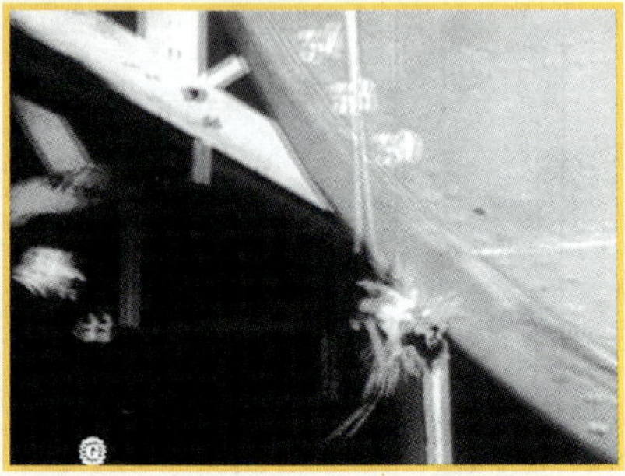

Pour passer d'un continent à l'autre, pour joindre l'Europe aux Amériques, à l'Afrique ou à l'Asie, les grands paquebots sont l'unique moyen de transport des immigrants, des riches voyageurs, des fonctionnaires coloniaux… Au début du XXe siècle, on compte 150 paquebots assurant la jonction entre les ports du Vieux Continent et New York. De plus en plus confortables, les navires gagnent également en vitesse, ils atteignent les 23 nœuds dans la traversée de l'Atlantique, qui dure souvent à peine six jours. Une étroite flamme bleue, le «ruban bleu», est hissée en tête du mât du bâtiment le plus rapide sur cette distance. Et ce sont les armateurs anglais qui l'arborent le plus fréquemment.

Apre concurrence
La Transat, la Cunard, la White Star et bien d'autres lancent de nouveaux paquebots ▲ sur les grandes lignes. Il existe tous les jours trois liaisons dans chaque sens avec New York ▼.

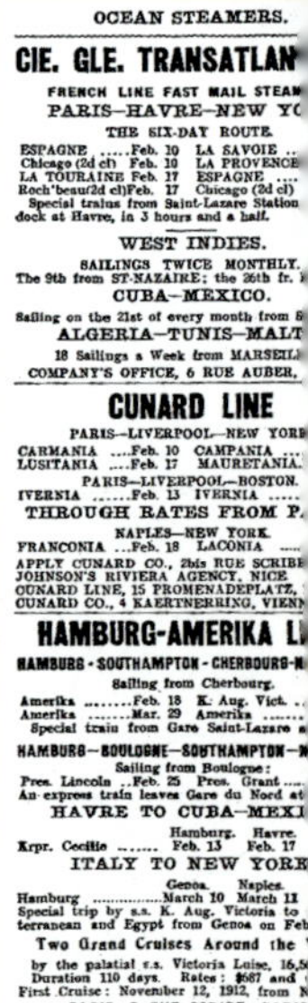

OCEAN STEAMERS.

CIE. GLE. TRANSATLAN
FRENCH LINE FAST MAIL STEAM
PARIS—HAVRE—NEW YO
THE SIX-DAY ROUTE.
ESPAGNE ......Feb. 10 LA SAVOIE ..
Chicago (2d cl) Feb. 10 LA PROVENCE
LA TOURAINE Feb. 17 ESPAGNE ....
Roch'beau(2d cl)Feb. 17 Chicago (2d cl)
Special trains from Saint-Lazare Station
dock at Havre, in 3 hours and a half.
WEST INDIES.
SAILINGS TWICE MONTHLY.
The 9th from ST-NAZAIRE; the 26th fr.
CUBA—MEXICO.
Sailing on the 21st of every month from
ALGERIA—TUNIS—MALT
18 Sailings a Week from MARSEIL
COMPANY'S OFFICE, 6 RUE AUBER,

CUNARD LINE
PARIS—LIVERPOOL—NEW YORK
CARMANIA ....Feb. 10 CAMPANIA ...
LUSITANIA ....Feb. 17 MAURETANIA.
PARIS—LIVERPOOL—BOSTON.
IVERNIA ....Feb. 13 IVERNIA .....
THROUGH RATES FROM P.
NAPLES—NEW YORK.
FRANCONIA ...Feb. 18 LACONIA ....
APPLY CUNARD CO., 2bis RUE SCRIBE
JOHNSON'S RIVIERA AGENCY, NICE
CUNARD LINE, 15 PROMENADEPLATZ,
CUNARD CO., 4 KAERTNERRING, VIENN

HAMBURG-AMERIKA L
HAMBURG - SOUTHAMPTON - CHERBOURG-N
Sailing from Cherbourg.
Amerika ....Feb. 18 K. Aug. Vict. ..
Amerika ....Mar. 29 Amerika ....
Special train from Gare Saint-Lazare
HAMBURG—BOULOGNE—SOUTHAMPTON—N
Sailing from Boulogne:
Pres. Lincoln ..Feb. 25 Pres. Grant ....
An express train leaves Gare du Nord at
HAVRE TO CUBA—MEXI
Hamburg. Havre.
Krpr. Cecilie .... Feb. 13 Feb. 17
ITALY TO NEW YORK
Genoa. Naples.
Hamburg ....March 10 March 11
Special trip by s.s. K. Aug. Victoria to
terranean and Egypt from Genoa on Feb
Two Grand Cruises Around the
by the palatial s.s. Victoria Luise, 16,5
Duration 110 days. Rates: $687 and
First Cruise: November 12, 1912, from N
PARIS. 7 RUE SCRIBE. PARIS.
NICE: F. H. Nauth, 12 avenue Masséna.
MONTE CARLO: F. H. Nauth, 3 bd. des
MENTON: F. H. Nauth, Isnard's Bank.

Quelques compagnies préfèrent privilégier le confort, le luxe, la qualité de la vie à bord et la sécurité plutôt que la vitesse. Ainsi, le paquebot français *Provence* de la Compagnie générale transatlantique, lancé en 1906, devient un modèle de palace flottant pour les premières et les secondes classes. Et c'est également l'un des premiers à se doter d'une nouvelle invention, la télégraphie sans fil (TSF), qui lui permet de rester en contact permanent avec les ports d'attache et d'arrivée.

Palaces flottants
Par le luxe de leur décor ◄, les premières classes n'ont rien à envier aux grands hôtels. Un journal de bord retransmet même les nouvelles grâce au télégraphe sans fil.

Les vierges vigilantes
Proust a évoqué les «demoiselles du téléphone» dont les emplois se multiplient à mesure que le réseau téléphonique se développe en s'ajoutant à celui du télégraphe ► : «les vierges vigilantes dont nous entendons chaque jour la voix sans connaître le visage et qui sont nos anges gardiens dans les ténèbres vertigineuses dont elles surveillent jalousement les portes».

Les machines parlantes
Phonographes et gramophones ▼ diffusent la musique gravée sur des rouleaux ou des disques tandis que le graphophone ◄, lui, enregistre la voix.

Dès le milieu du XIXe siècle, plusieurs inventeurs s'étaient préoccupés des possibilités de transport électrique de la voix humaine. L'Américain Graham Bell, à Boston, mit au point les premiers prototypes d'appareils «téléphoniques» et les brevets qu'il déposa le 14 février 1876 comptent parmi les textes fondateurs de la civilisation du XXe siècle.

Aux Etats-Unis, le succès de l'invention, malgré toutes ses imperfections, est rapide et accompagne le développement économique du pays. En un peu moins de trente ans, toutes

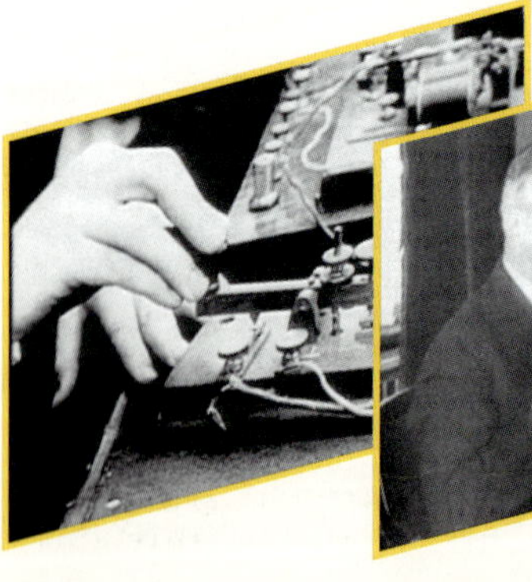

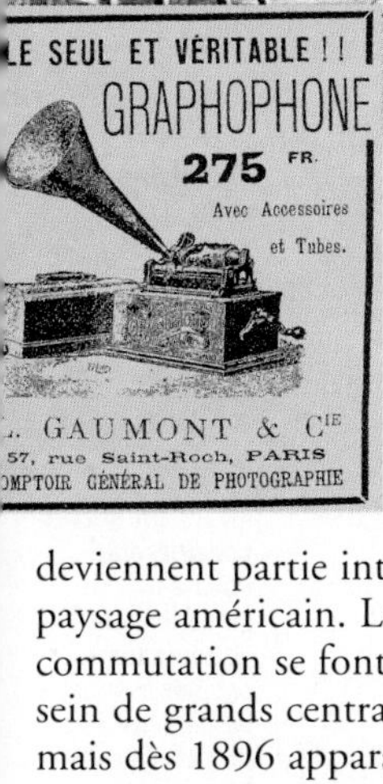

les grandes villes américaines sont reliées entre elles, New York à Boston dès 1885, à Chicago en 1892, à Denver dans le Colorado en 1911 et à San Francisco en 1915.

Poteaux et fils aériens, parfois tissés en véritables toiles d'araignée, deviennent partie intégrante du paysage américain. Les opérations de commutation se font manuellement au sein de grands centraux téléphoniques, mais dès 1896 apparaît le commutateur automatique et donc les premiers cadrans d'appel.

Les pays européens réagissent différemment à la nouvelle invention. En Scandinavie, en Grande-Bretagne et surtout en Allemagne, les réseaux se développent rapidement alors que la France et les pays latins accusent un retard important.

Une invention capitale
En 1877, Thomas Edison ▼ met au point un émetteur téléphonique à la plombagine, autrement dit le microphone.

Des moyens sans précédent
L'Exposition de 1900 dispose d'un budget de 120 millions de francs contre 15 millions pour l'Exposition de 1855. Si les exposants viennent du monde entier, l'Europe domine avec 38000 exposants français (▼ le pavillon Schneider) et une forte délégation allemande.

Un succès considérable
Pour les 50 millions de visiteurs qui ont fait le voyage de province ou de l'étranger, l'Exposition est l'occasion de prendre conscience des formidables progrès techniques que le monde a connus au cours du XIXe siècle.

L'Exposition universelle qui s'ouvre à Paris le 14 avril 1900 se veut comme une entrée optimiste dans un siècle où triompheraient la science, la beauté et le progrès. Sur 112 hectares, du Champ-de-Mars à l'esplanade des Invalides et du rond-point des Champs-Elysées au Trocadéro, le long des rives de la Seine, des dizaines de pavillons représentent les grandes puissances alors que la France expose ses colonies, ses inventions et ses artistes. Le palais de l'Electricité accueille tous ceux que fascinent les extraordinaires possibilités de la nouvelle «fée» des temps modernes. Les amateurs d'art admirent l'exposition de sculptures rassemblées sous la verrière du Grand Palais. Les astronomes en herbe observent «la lune à moins d'un mètre» grâce à un télescope de 60 mètres de long au palais de l'Optique.

Pour permettre aux visiteurs de tout voir sans fatigue, une ligne de chemin de fer électrique a été construite et même un trottoir roulant baptisé «la rue de l'avenir». On se rend ainsi d'un village suisse en carton-pâte au pavillon de la Russie avec

reconstitution d'isbas et de demeures de boyards, des indigènes de Madagascar parqués dans des cases minuscules aux danseuses espagnoles, de la Finlande à la Chine, du Pérou à la Perse et, si la Grande-Bretagne est représentée, le Transvaal des Boers l'est aussi malgré la guerre qui les oppose. Après 212 jours d'ouverture, l'Exposition ferme en ayant accueilli 50 millions de visiteurs et en laissant, dans le paysage de Paris, le Grand Palais, le Petit Palais et le pont Alexandre-III.

Ville dans la ville
Le pont d'Iéna ▼ relie la colline de Chaillot ◄ et le Champ-de-Mars où sont installés la plupart des 83 000 stands. Une autre partie s'étend sur le bois de Vincennes ▲.

Un paysage extravagant
Le gratte-ciel a inspiré de nombreux écrivains. Henry James, dans *La Scène américaine,* les décrivait ainsi : «ces multiples gratte-ciel qui, vus de l'eau, se hérissent comme d'extravagantes épingles à chapeau plantées dans un coussin déjà surchargé et réparties dans l'obscurité n'importe où et n'importe comment».

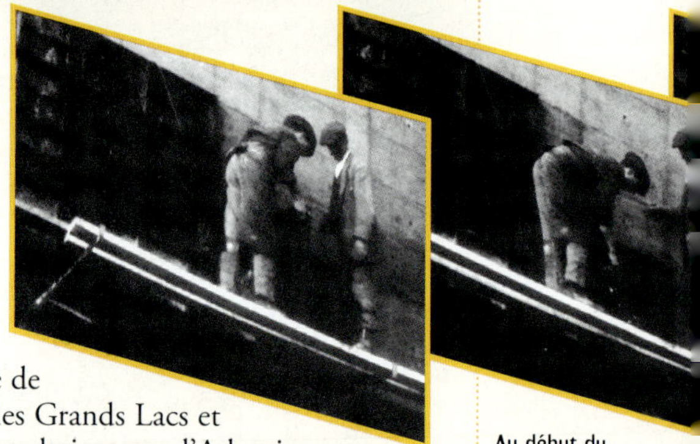

A la fin du XIXe siècle, Chicago est au premier rang dans le monde pour le commerce du blé, du bétail, du bois. La ville est également un centre ferroviaire de première importance et elle se trouve au débouché d'une voie d'eau navigable de 2900 kilomètres qui, par les Grands Lacs et le Saint-Laurent, la met en relation avec l'Atlantique. Toute cette activité, dans une ville détruite par un incendie en 1871 et qu'il faut reconstruire, entraîne l'édification de bâtiments de 12 à 20 étages pour lesquels on utilise les méthodes techniques des constructeurs de ponts.

De grands immeubles d'affaires ou d'habitation, des hôtels géants sortent de terre. Charpente métallique et revêtement de maçonnerie sont de règle et les architectes de l'école dite «de Chicago» (tel Louis Sullivan) imposent, pour un temps, leur marque à la première floraison de gratte-ciel américains. Il se crée un nouveau paysage urbain exaltant une modernité

Au début du XXe siècle, le gratte-ciel est arrivé à maturité sur le plan technique où architectes et ingénieurs travaillent ensemble sur le chantier ▲; mais son style ne se dégage pas des modes néo-classique◀ et néo-gothique.

Un défi aux lois de l'architecture
Les architectes américains rivalisent d'audace en dépassant les records de hauteur, grâce à l'adoption d'une structure en acier. Cette architecture ne fait cependant pas l'unanimité; le concepteur du Singer Building ▼, Ernest Flagg, écrivait lui-même dès 1896 : «Je crois qu'il est impossible de réaliser une œuvre artistique là où toutes les lois du sens commun sont défiées.»

bientôt occultée par des décors de stuc ou de pierre comme le montre plus d'une construction surgissant du sol de New York, succédant à Chicago comme capitale nouvelle de l'architecture.

La maîtrise technique des ingénieurs et des constructeurs, l'invention d'ascenseurs performants permettent la course aux records. En 1908, le Singer Building de Manhattan atteint les 47 étages sur 181 mètres, et, en 1913, le Woolworth Building culmine à 58 étages et 237 mètres de hauteur!

IMAGES

CES IMAGES RESTENT

LE TÉMOIGNAGE FUGACE
ET TREMBLANT QU'ONT CONSERVÉ
LES PREMIERS MÈTRES DE PELLICULE
DU CINÉMATOGRAPHE : VOGUE DES BAINS
DE MER ET DÉVELOPPEMENT DU TOURISME
FEMMES REVENDIQUANT LEURS DROITS,
COUREURS DU PREMIER TOUR DE FRANCE,
ARTISTES ET CRÉATEURS DES SCÈNES
ET DES ATELIERS, MAIS AUSSI RUINES
ET VICTIMES DE TERRIBLES CATASTROPHES

A l'aube du XXe siècle, Londres est la capitale du monde. La City est le centre planétaire des capitaux et des assurances, des journaux et des agences de presse. Sur des dizaines de kilomètres, les docks reçoivent et font partir les plus forts tonnages ► du commerce mondial, alimenté par le plus vaste et le plus riche des empires, qui fournit des dizaines d'industries de transformation, raffineries de sucre, minoteries, verreries, brasseries, tanneries, industries textiles. Quant au West End, comme le dit le guide Baedecker de 1900, c'«est le quartier de la noblesse et de l'aristocratie, avec les palais de la reine, les ministères, le Parlement et l'abbaye de Westminster; les musées, les théâtres, les clubs, les parcs et les squares». Loin des descriptions pour touristes, l'immense Babylone, qui compte plus de 7 millions d'habitants, a aussi ses quartiers

de l'Est que le sociologue Charles Booth décrit comme ceux «des enfants affamés, des femmes souffrantes, des hommes épuisés de surmenage». La «pauvreté abjecte» est à quelques miles des hôtels luxueux que l'on construit, tel le Ritz en 1905, des grands magasins comme Harrold's, créé en 1898 et célèbre pour son premier escalier mécanique. Pour relier les quartiers d'une métropole qui ne cesse de grandir, on multiplie les transports urbains, les lignes de métro et celles de bus (un millier en 1900), si caractéristiques avec leur toit à impériale. Après les tristes temps de la fin de l'ère victorienne, ce sont les années «édouardiennes» où l'on s'amuse à la Cour, sur les champs de courses, mais aussi dans les temples du music-hall que sont le *Coliseum* (1904), le *Palladium* (1910) avec ses 2338 places où tous les types de spectacles sont possibles.

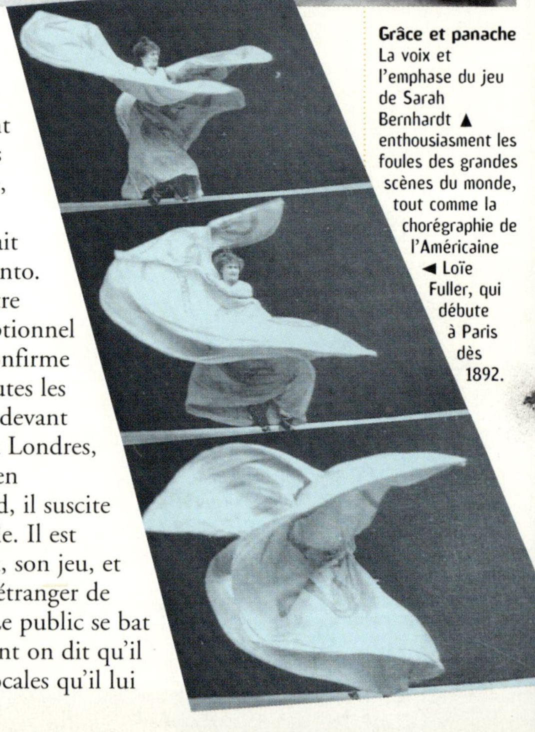

Grâce et panache
La voix et l'emphase du jeu de Sarah Bernhardt ▲ enthousiasment les foules des grandes scènes du monde, tout comme la chorégraphie de l'Américaine ◄ Loïe Fuller, qui débute à Paris dès 1892.

Le 27 janvier 1901 meurt Giuseppe Verdi, à l'âge de quatre-vingt-huit ans. Ses obsèques à Milan rassemblent une foule immense qui, dans une Italie récemment unifiée, se reconnaît dans le grand compositeur dont le nom était intimement lié au Risorgimento.

Cette même année, un autre Italien, Enrico Caruso, exceptionnel ténor des opéras de Verdi, confirme un talent qui le mène sur toutes les scènes du monde. Chantant devant le tsar à Moscou mais aussi à Londres, Prague et Paris, triomphant en Amérique du Nord et du Sud, il suscite un engouement incomparable. Il est acclamé partout pour sa voix, son jeu, et il devient le représentant à l'étranger de millions d'Italiens émigrés. Le public se bat pour écouter et voir celui dont on dit qu'il force à ce point ses cordes vocales qu'il lui

L'âme de l'Italie
Tels Tolstoï en Russie ou Zola en France, Giuseppe Verdi ◄ est le symbole d'un pays et d'un peuple. Dès 1842, le «chœur des Hébreux» de son opéra *Nabucco* devient l'hymne du Risorgimento et sa vie de créateur reste liée à la longue marche de l'unité italienne. Honoré à la fin de sa vie comme patriarche de la nation, vénéré et statufié après sa mort ▲, il symbolise la renaissance culturelle de l'Italie que célèbre également Enrico Caruso ◄. Ce dernier est l'un des premiers ténors dont la voix est enregistrée sur rouleau pour les gramophones nouvellement inventés.

arrive de cracher du sang. Bientôt, grâce aux rouleaux des phonographes, sa voix est connue bien au-delà des salles combles des opéras du monde entier.

Art bourgeois dans la plupart des pays, l'opéra est aussi un art populaire pour les amateurs du «bel canto»; ainsi en Italie, dans les pays germaniques ou dans le sud de la France. Et si le patrimoine musical est vénéré, le public sait aussi faire le succès des œuvres modernes comme *Madame Butterfly* (créée en 1906) de Puccini. Et à Dresde, le 25 janvier 1909, l'*Elektra* de Richard Strauss se révèle comme l'une des œuvres les plus innovantes du siècle. En revanche, à Paris, l'accueil est plus partagé pour le *Pelléas et Mélisande* de Claude Debussy en 1902.

NAISSANCE DU CINÉMATOGRAPHE

Le 22 mars 1895, à Paris, eut lieu la première projection du cinématographe Lumière devant les membres de la «Société d'encouragement pour l'industrie nationale». Ainsi se trouvaient concrétisées des décennies d'inventions et d'innovations en France, aux Etats-Unis, en Allemagne, en Italie, en Russie, en Grande-Bretagne, touchant à la prise de vues, à la photographie et à la projection.

Dès le milieu des années 1900, le cinéma envahit les music-halls qui lui consacrent des séances avant de lui laisser parfois tout leur programme. Les forains s'en emparent également et popularisent une attraction qui n'est pas encore un art. Obligés de respecter la rotation des copies, ils doivent se

Un logo légendaire
C'est en 1903 que Gaumont dépose le logo de la fameuse marguerite ▲.

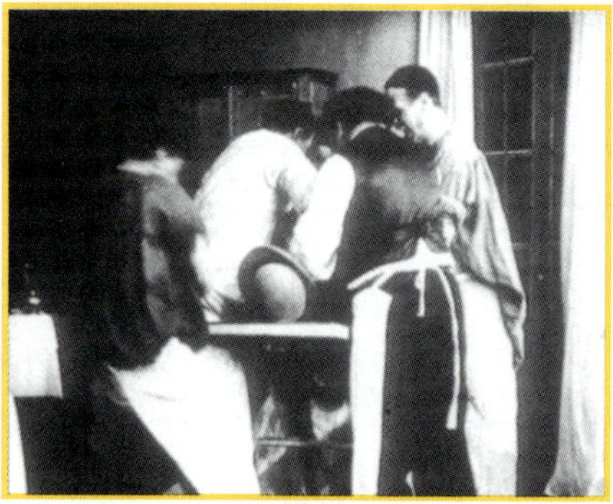

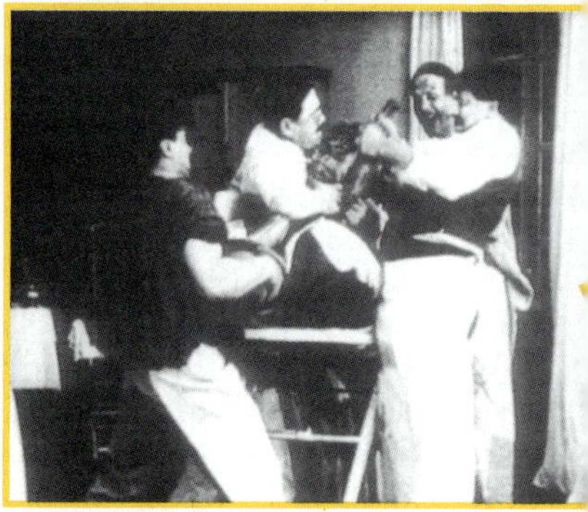

De la technique à la production
Au départ fabriquant d'appareils photo, ◄ Léon Gaumont fonde la plus ancienne société de production française. Grâce au concours d'Alice Guy puis de Louis Feuillade, il conçoit ses premiers films ▲, qui dépassent rarement les 200 m, soit environ 7 minutes.

sédentariser ou renoncer au cinéma. La salle de cinéma fixe apparaît, où un large public afflue pour une somme d'entrée modique, comme dans les *nickelodeons* américains. A Paris sont construites de très grandes salles, véritables temples dédiés aux images animés, telles l'Omnia ou le Gaumont-Théâtre, signes d'une ville devenue capitale du cinéma et où se réunit, en 1909, le premier congrès de professionnels venus du monde entier. La France est également le pays des premiers grands metteurs en scène tel Méliès, de scénaristes-directeurs artistiques comme Louis Feuillade. C'est en France que se tournent les premières super-productions, notamment *La Vie du Christ* d'Alice Guy, en 1906, avec ses vingt-cinq décors solidement construits et ses trois cents figurants, drapés selon les illustrations d'une Bible parue six ans plus tôt.

Premières séances ▲
Les projections s'inspirent des techniques du théâtre. Pour pallier l'absence de la voix et des sons, un bruiteur placé derrière l'ecran avec un matériel hétéroclite se charge de suivre la projection et un pianiste souligne les effets du film.

Le cinéma du réel
▼ Les premières actualités filmées privilégient les sujets légers et à sensation, (catastrophes, aviation, mode, ou chroniques mondaines).

Les photographes de presse ont la tâche souvent difficile de saisir des instants décisifs (ici, le couronnement d'Edouard VII à Londres ◄). Les appareils utilisés, encore peu maniables et encombrants, sont soumis à rude épreuve. Tout autres sont les conditions de travail des photographes officiels chargés d'immortaliser les visages des grands de ce monde (ici ▲ le roi et la reine d'Espagne). Loisir nouveau, le cinéma est aussi en voie de devenir un moyen d'information; les premiers reporters, tel que Joseph Rosenthal, expérimentent un métier déjà plein de risques : un tiers des opérateurs ont en effet été tués ou blessés durant la guerre des Boers, entre 1899 et 1902.

LES INTELLECTUELS TÉMOINS DE LEUR TEMPS

Ils sont innombrables, en ce début du siècle, les hommes de lettres qui témoignent de leur engagement dans le combat des idées et l'affrontement des projets de société. Dans chaque pays, certains luttent contre les injustices sociales ou se mettent au service des nationalismes les plus virulents. Souhaitant la guerre comme «hygiène du monde», tels les futuristes italiens, ou œuvrant pour la paix, ils deviennent de véritables symboles. Tel Emile Zola dont les obsèques en 1902 puis la translation des cendres au Panthéon en 1908 deviennent de grandioses cérémonies à la gloire de la IIIe République.

En Russie, une exceptionnelle floraison de créateurs illustre le temps des révoltes et bientôt des révolutions. Ainsi Gorki qui veut «refaire le monde avant d'y vivre en paix» et dont la pièce *Les Bas-Fonds* témoigne de la misère urbaine à Saint-Pétersbourg. Mais la gloire est surtout celle de Léon Tolstoï qui incarne le mieux les valeurs

Le temps du nationalisme
Maurice Barrès ▼ est une des figures du mouvement nationaliste en France. En tête des antidreyfusards, «le prince de la jeunesse» s'attache à exalter dans son œuvre littéraire un patriotisme ardent qui doit concourir à la revanche contre l'Allemagne.

Mort d'un prophète
Léon Tolstoï, le patriarche à la barbe blanche ◄, qui a été le pourfendeur des iniquités du régime tsariste, s'éteint en novembre 1910. Ses romans et ses essais ont dénoncé entre autres le servage et la soumission de l'Eglise à l'Etat.

Cinq Centimes

ERNEST VAUGHAN

ERNEST VAUGHAN

L'AURORE

Littéraire. Artistique. Sociale

J'Accuse...!

LETTRE AU PRÉSIDENT DE LA RÉPUBLIQUE

Par ÉMILE ZOLA

LETTRE
A M. FÉLIX FAURE

ancestrales du peuple russe, avant sa mort en 1910.

En Grande-Bretagne, Oscar Wilde et George Bernard Shaw s'en prennent au conformisme pudibond de l'ère victorienne alors que l'Américain Jack London, dans *Le Peuple des abîmes* en 1903, dénonce les conditions de survie des prolétaires londoniens. Tout comme le fait aux Etats-Unis Upton Sinclair, en 1906, qui décrit dans *La Jungle* la dure existence des immigrants lituaniens dans les abattoirs de Chicago.

Les obsèques de Zola ▲
En 1902 meurt celui qui a mené, au nom de la justice et contre la raison d'Etat, un combat ardent en faveur de Dreyfus.

La voix des femmes
◄ Colette connaît succès et scandale en s'affranchissant sur scène et dans ses romans des conventions bourgeoises.

Dans la première moitié du XIXe siècle, les Européens croient aux vertus thérapeutiques des eaux froides. Les Anglais créent la station de Brighton, les Allemands développent plusieurs sites au bord de la Baltique et les Parisiens adoptent Dieppe puis la côte normande. Après 1860, Ostende est à l'honneur alors qu'apparaissent, sur les côtes de la Manche, des stations créées de toutes pièces comme Deauville et Cabourg. La mode est aussi aux rivages bretons (Dinard, La Baule) et partout, comme dans les stations thermales, pour accueillir une «bonne société» de riches oisifs, se multiplient casinos, champs de courses, hôtels luxueux, clubs de tennis et terrains de golf.

Convenances
Le costume de bain s'impose pour les hommes, le torse nu fait ici figure d'avant-garde... ▲ Les baigneuses portent une tunique sur un pantalon bouffant, avec parfois, dessous, un «corset de bain».

Sur toutes ces plages, parfois bordées d'avenues ou de promenades à planchers de bois, il est de bon ton de se montrer tout en se protégeant du soleil. Le teint hâlé est proscrit car signe d'une activité manuelle de plein air. La séduction passe, pour les femmes, par le blanc de l'ivoire ou le teint de pêche. Le bain n'est qu'une immersion rapide dans l'eau à partir

de cabines montées sur roues, tirées par des chevaux et installées au milieu des premières vagues, à l'abri des regards indiscrets. Les côtes méditerranéennes ne sont fréquentables que l'hiver, elles passent pour bien trop chaudes, émollientes et nocives pour la santé en période estivale. Quant au peuple des villes, qui se voit reconnaître peu à peu le droit au repos dominical, les beaux jours l'amènent à fréquenter les rives des fleuves bordant les métropoles (ainsi à Paris) ou les lacs proches du centre (comme à Berlin). On y trouve les joies de la baignade, du canotage, de la pêche à la ligne, du pique-nique et de la fréquentation de guinguettes où l'on peut boire, manger et danser.

Baignades et santé
A Brighton ▲ ◄ ou sur les côtes du nord de l'Europe, les bains de mer sont synonymes d'immersion dans des eaux froides mais auxquelles on attribue des vertus tonifiantes.

LE TOURISME COMME MODE DE VIE

Le tourisme reste en 1900 un mode de vie, une manière de voyager pratiqués par des rentiers, des propriétaires, des aristocrates disposant de temps et d'argent et formant la «bonne société». Les Anglais sont majoritaires mais toute l'Europe occidentale est représentée ainsi que les Russes et même les Américains parmi ces dizaines de milliers d'hommes et de femmes qui suivent, au gré des saisons, les étapes obligées des errances de l'élite.

La mode de telle ou telle destination, d'un nouveau sport, d'un moyen de locomotion moderne (le vélo, l'automobile) est lancée par une minorité bientôt suivie par tous. La Côte d'Azur française et la Riviera italienne s'imposent pour les séjours d'hiver alors que certains touristes (anglais en particulier) préfèrent Pau dans les Pyrénées, les lacs italiens ou la Suisse. On fréquente aussi les stations thermales, Vichy et Vittel en France, Spa en Belgique, Carlsbad en Bohême, etc.

Voyager pour le plaisir
Créée par le Belge Nagelmackers en 1876, la Compagnie internationale des wagons-lits permet aux voyageurs les plus fortunés de se déplacer dans de véritables palaces sur rails, tel l'Orient Express ▶, au confort luxueux et à la cuisine raffinée. Plus modestement, se développent les croisières d'un jour, sur les lacs suisses ou autrichiens ◀.

Afin de faire revenir en hiver leurs clients de l'été, certaines stations suisses inventent les «sports d'hiver» et la pratique du ski de descente se répand malgré l'obligation de remonter les pentes à pied, le téléphérique à destination d'un public de skieurs n'apparaissant qu'en 1924… On aime aussi les voyages. Aux destinations classiques (Italie, Grèce) s'ajoutent des itinéraires plus lointains (Egypte, Indes) que l'on commence sur des paquebots de luxe ou dans des trains de prestige. Ce qui laisse le temps de consulter les guides à couvertures rouges (le Murray anglais ou le Baedecker allemand) ou verte (le Joanne français).

Tourisme d'hiver
Le ski de descente, précédé d'une pénible montée sur des planches munies de peaux de phoque ▲, doit beaucoup aux Anglais et en particulier au docteur Lunn et à son fils Arnold, auteur des manuels *How to Ski* et *Skiing for Beginners*.

Lieux mythiques
Paris, Rome, Venise ◄ sont des hauts lieux de la culture européenne que toute «personne de goût» se doit d'avoir visité au moins une fois dans sa vie.

LA LUTTE DES FEMMES

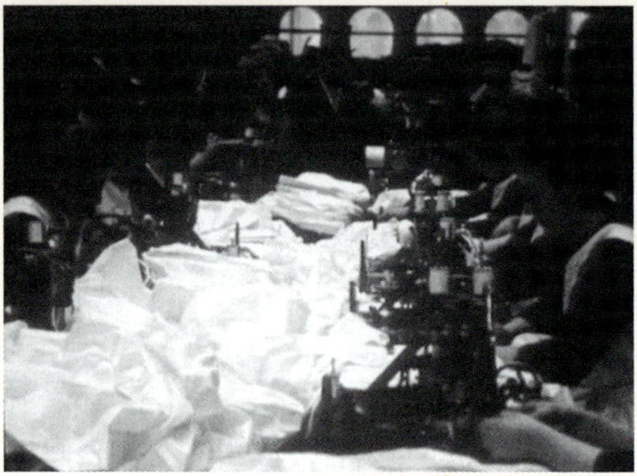

Avec la révolution industrielle, les besoins de main-d'œuvre entraînent l'embauche de millions de femmes dans les usines textiles, au triage sur le carreau des mines, dans les grands magasins et les bureaux. Leurs revendications, leurs exigences de dignité, de conditions de vie et de travail décentes se confondent avec celles des hommes mais elles apparaissent spécifiques dans bien des secteurs. Ainsi, à Vienne, les ouvrières du textile se mettent en grève le 1er mai 1893 pour réclamer la journée de dix heures (au lieu de douze) et un salaire minimal. En France, en 1901, les ouvrières cartonnières de La Guerche débrayent pendant 108 jours. Huit ans plus tard, aux Etats-Unis, une série de mouvements se déclenche dans les entreprises textiles.

Si, dans le domaine social, le statut des femmes s'améliore quelque peu, on est loin d'observer la même évolution dans l'égalité des droits politiques. Les militantes qui s'en réclament, ironiquement baptisées «suffragettes», suscitent sarcasmes, hostilité et parfois haine de tous ceux pour qui la femme ne peut être que mère de famille, gardienne du foyer

Les militantes
Cherchant par tous les moyens ► à attirer l'attention sur le statut injuste des femmes (ouvrières dans une usine textile ▲), certaines suffragettes vont jusqu'au sacrifice suprême, telle Emily Davidson qui se jette devant le cheval du roi sur le champ de courses d'Epsom ▼ en 1909.

et des traditions. La bataille du droit de vote pour les femmes se déroule à coups de harangues, de manifestations, d'actions parfois violentes. Aux Etats-Unis se crée en 1890 la *National American Woman Suffrage Association* (NAWSA); des mouvements comparables émergent en Grande-Bretagne, pays à la pointe de la revendication, et en France avec la création de l'Union française pour le suffrage des femmes (UFSF). Mais la première expression législative de l'égalité des droits politiques vient de Nouvelle-Zélande où le droit de vote est accordé aux femmes en 1893; suivront l'Australie en 1902, la Finlande en 1906 puis la Norvège en 1913 et le Danemark en 1915.

Le droit de vote réservé aux hommes
Considérées comme des mineures incapables d'exercer un véritable jugement critique, les femmes restent exclues d'un suffrage dont l'universalité laisse à désirer. En France, les députés rechignent à accorder le droit de vote à des femmes jugées trop souvent sous l'influence de prêtres hostiles au régime républicain.

Pionnières et héroïnes
Rejetée ou moquée dans ses relations avec la technique moderne, la femme est cependant acceptée dans des métiers à risques : pilote d'automobile ou surtout d'aéroplane ▲, où s'opposent la fragilité supposée du sexe «faible» et la puissance de la machine.

NAISSANCE DU SCOUTISME

Le scoutisme est né d'une épopée, celle de l'Empire britannique, et du rêve d'un homme, Robert Baden-Powell, officier de l'armée des Indes. Très vite, ce dernier se fait remarquer par ses dons pour les missions de reconnaissance, d'observation et de renseignements. Tâches militaires définies en anglais par le terme *scouting* (venant du vieux français *escoute*, «écoute»). En 1899, il participe à la guerre des Boers et devient un héros national en défendant la bourgade de Mafeking contre des milliers d'assaillants. Par la suite, il crée la police montée sud-africaine et donne à ses cavaliers un uniforme kaki orné de badges et doté d'un large chapeau, inspiré de celui des cow-boys américains. De retour à la vie civile, il applique son expérience et ses idées dans son pays natal. En 1907, à Brownea, dans une île du sud de l'Angleterre, il organise, pour les jeunes gens des banlieues de Londres, un camp

de plein air où la discipline militaire est alliée à des actions privilégiant l'observation, les qualités physiques et morales fondées sur la religion et l'amour de la patrie. En 1908, il rédige *Scouting for Boys*, à l'origine d'un mouvement qui prend bientôt une dimension internationale. Dès 1909, on compte près de 100 000 scouts en Angleterre dont l'uniforme porte des signes distinctifs qui vont faire le tour du monde : croix potencée rouge rappelant les premiers chrétiens, fleur de lys blanche telle celle qui indiquait le nord sur les anciennes boussoles et cartes marines, et, entourant le tout, une corde nouée qui symbolise la fraternité unissant tous les scouts du monde.

Partout, dans les pays industrialisés, la passion du progrès, le goût de la mécanique, l'interêt pour de nouvelles sources d'énergie incitent à relever de nouveaux défis techniques, des plus audacieux aux plus dérisoires. Dans des sociétés où les artisans sont encore nombreux et les ingénieurs spécialement considérés, c'est à qui inventera les objets du confort quotidien ou découvrira des machines à révolutionner la planète.

Expositions et concours rassemblent ces savants farfelus ou géniaux. A Paris, en 1902, le préfet de police Louis Lépine crée un salon doté de nombreux prix et dont l'organisation est confiée à l'«Association des inventeurs et des fabricants français». L'une des règles de ce qui devient bientôt le

Un monde fou, fou, fou
Au milieu des trouvailles loufoques, s'en glissent d'autres, sérieuses, promises à une réelle postérité. La cireuse électrique a encore de beaux jours devant elle ▲.

Le retour d'Icare
L'aviation fascine; tous les moyens sont bons pour tenter de s'envoler, comme ce vélo avion ◄ dont les roues réussissent à se hisser au dessus du sol... le temps d'un soupir.

Des skis amphibies
Faute de pouvoir marcher sur les eaux comme le Christ, ces flotteurs ◄ sont un moyen original de traverser une rivière!

«Concours Lépine» précise que les objets présentés ne doivent pas «excéder le prix de vente de 3 francs». Condition qui participe au succès d'une manifestation qui stimule la curiosité, l'amusement des visiteurs et l'ingéniosité des inventeurs.

Les domaines les plus prisés sont les premiers appareils électro-ménagers, ou tout ce qui a trait à la bicyclette, à l'automobile, à l'aviation... que l'on retrouve mêlés en des engins hybrides et bizarres : voiture amphibie ou à hélice, bicyclette flottante ou à hélice, etc. Mais c'est aussi à travers la curiosité inlassable et les rêves un peu fous de ces mécaniciens de l'impossible que se modifie la vie quotidienne du siècle.

La chute terrible
La mise au point de certaines inventions se termine en drame : François Reichelt, en voulant expérimenter son «capuchon parachute» ▼ choisit de se jeter du haut de la tour Eiffel. Mais le malheureux tombe comme une pierre s'écrasant au sol ◄ devant caméras et appareils photographiques.

LE SPORT DEVIENT SPECTACLE

Dans la deuxième moitié du XIXe siècle, le sport avait longtemps été une école de patriotisme, de nationalisme. Une sorte de préparation militaire où la gymnastique, la bonne santé du corps ne pouvaient que préparer à de virils combats. Tout en conservant, peu ou prou, cet aspect, le sport devient spectacle, affaire d'athlètes plus ou moins professionnels que l'on vient admirer sur un ring, un stade ou au long des routes. Loisir d'une élite pour certains, il commence aussi à toucher des milliers de pratiquants. Alors naissent de grands événements à la périodicité régulière : Coupe Davis de tennis créée en 1900, premier Tour de France en 1903, renaissance des jeux Olympiques (initiée par le baron Pierre de Coubertin, annoncée lors d'une grande cérémonie à la Sorbonne en 1894 puis célébrée à Athènes en 1896 et à Paris en 1900), innombrables courses automobiles et premiers grands matchs internationaux de football.

Le modèle antique
La pratique de la gymnastique et du culturisme ▲ est encouragée : la forme physique compte autant que l'esprit.

De nouveaux lieux de spectacles
Les villes se dotent de stades et de vélodromes ◄, conçus pour les courses de vitesse ou d'endurance.

Ce dernier sport se développe en Europe après une stupéfiante audience en Grande-Bretagne, où l'on compte un million de licenciés dès 1906; c'est alors que se construisent des stades pour plusieurs dizaines de milliers de spectateurs (le 1er février 1910 est ainsi inauguré le stade d'Old Trafford, d'une capacité de 60 000 places, pour le match opposant l'équipe de Liverpool à celle de Manchester United).

Ballon rond, ballon ovale
Le premier France-Angleterre en football se solde en 1903 par une écrasante défaite des Français sur le score de 15 à 0! En rugby ▲, ces derniers font meilleure figure en emportant la médaille d'or aux jeux Olympiques de 1900.

Jeu, set et match
C'est en 1900 que Dwight Filby Davis lance la Coupe ◄ qui porte son nom. A l'origine, la compétition n'a pour ambition que l'organisation d'une rencontre annuelle entre l'Angleterre et les Etats-Unis.

C'est avec la course Paris-Rouen en 1869 que le «vélocipède» cesse d'être une curiosité pour devenir un véritable système de transport et un étonnant spectacle sportif. Mais il faut attendre 1891 pour voir une compétition rassembler un large public entre Bordeaux et Paris où les coureurs, derrière leurs entraîneurs, gagnent la capitale à 20 km/h de moyenne. Après cette équipée organisée par le journal *Véloce Sport*, c'est au tour du *Petit Journal* de mettre sur pied la course Paris-Brest. Suivent de multiples autres itinéraires de ville à ville, courses collectives ou exploits individuels, tel celui du Français Terront qui relie Rome à Paris en six jours et quinze heures. Alors naît l'idée d'un Tour de France cycliste. Projet susceptible d'enthousiasmer un pays qui compte déjà, en 1900, plus d'un million de cyclistes. En janvier 1903,

le journal *L'Auto* annonce pour l'été suivant une course en six étapes totalisant 2500 km et dont Henri Desgrange est l'organisateur. Soixante professionnels s'inscrivent. Ils arborent tous moustache et casquette, leurs machines pèsent entre 15 et 20 kg et ils emportent avec eux les outils nécessaires à tout incident mécanique ou crevaison inopinée. A l'issue de journées mémorables, le Savoyard Garin remporte l'épreuve ayant couru la distance à la moyenne de 25 km/h. Partout, les foules ont été présentes sur le bord des routes et à l'arrivée des étapes; et on s'est arraché le numéro spécial de *L'Auto* paru juste après l'épreuve et tiré à 130000 exemplaires.

Le vêtement est d'abord code social. Costumes et pardessus stricts pour les hommes traduisent l'appartenance à la bourgeoisie. Ils arborent également cravates et chapeaux. De même, leurs épouses ne sortent jamais «en cheveux». Pour elles, le corset est encore de rigueur et le corps est soigneusement caché, de la bottine jusqu'aux gants. La vue de la finesse d'une cheville entraperçue transporte d'aise les regards masculins. Les enfants portent des habits conformes à leur condition et à leur éducation : culottes courtes

Jamais tête nue
Le chapeau assure à l'homme sa prestance ▶, à la femme son style, fleuri, enrubanné ou emplumé ▲.

Hommes en noir et enfants modèles
La couleur est proscrite pour la tenue de ville. Le noir ◀ incarne le sérieux et fait office d'uniforme. Les enfants, eux, sont en bleu ou en blanc, autre type d'uniforme ◀.

et costumes marins pour les garçons, jupes empesées pour les petites filles; les manuels de savoir-vivre leur apprennent qu'«il faut être habillée selon son rang».

Mais au-delà des convenances bourgeoises, les premiers «grands couturiers» – qui se distinguent des tailleurs et couturières professionnels ou des réalisations faites à la maison à partir des «patrons» que l'on découpe dans les journaux de mode – inventent de nouveaux comportements. Ainsi, Paul Poiret qui, dès 1906, renouvelle la mode féminine et, congédiant le corset, libère la silhouette de la femme, qu'il pare de couleurs vives directement issues de la palette des décorateurs et des peintres de son temps, tels Vlaminck et Dufy.

La fin du corset Selon Proust, il «donnait à la femme l'air d'être composée de pièces différentes mal emmanchées». Il laisse la place à des robes à la taille haute ▲.

A l'aube du XXe siècle, l'art des salons et des inaugurations en redingote et chapeau haut de forme a ses rendez-vous annuels dans toutes les capitales européennes. C'est encore l'art des portraits officiels ou celui des scènes de genre – rurales, héroïques, exotiques ou antiquisantes – qui permettent de dévoiler les corps et de donner à la nudité féminine l'alibi de l'Histoire. Petit à petit, Paris, qui reste la capitale des arts, a reconnu les impressionnistes, qui ont trouvé clients et approbation publique. Renoir, Monet et Cézanne (qui meurt en 1906) ne sont plus maudits et Gauguin lui-même, qui disparaît en 1903 dans sa lointaine île des Marquises, connaît une gloire posthume. Mais, en quelques années, dans toute l'Europe éclosent

Les «marqueteries de verre»
Emile Gallé symbolise l'Art nouveau en créant pour la verrerie des motifs inspirés de la botanique et de l'entomologie ▲.

Le style 1900
L'architecture 1900 est celle des ondulations et des courbes; la ligne droite est alors proscrite ▶ ▼

L'automne de Rodin
Abordant le siècle nouveau à l'âge de 60 ans, ◄ Auguste Rodin poursuit son œuvre de sculpteur génial et inclassable. Il est toujours à la recherche du mouvement et donne à ses œuvres la plus grande expressivité, notamment dans *La Main de Dieu* (1904).

de nouveaux talents fondateurs de l'art du XXe siècle. A Munich, Wassily Kandinsky crée le mouvement du Blaue Reiter (le «Cavalier bleu») qui aboutit à ses premières œuvres abstraites alors que l'expressionnisme allemand donne ses premiers chefs-d'œuvre.
A Paris, un jeune peintre catalan de vingt-six ans peint en 1907 *Les Demoiselles d'Avignon*, tableau fondateur du «cubisme» qu'illustre également Georges Braque (*Guitare au compotier*, 1909) tandis qu'Henri Matisse fait flamboyer rythmes et couleurs (*La Danse*, 1908). Paris, avec Bruxelles, est aussi la capitale de l'art nouveau, accueillant les œuvres d'architectes tels que Guimard et Horta, qui de l'immeuble aux bijoux, par des lignes souples et graciles, modifient le décor bourgeois du début du siècle.

Cézanne s'éteint
▲ Paul Cézanne meurt à l'âge de 67 ans, en octobre 1906. Il écrivait un mois plus tôt : «Je suis vieux, malade, et je me suis juré de mourir en peignant.»
Au même moment, le groupe Die Brücke ◄ (le «Pont»), en Allemagne, invente une certaine modernité.

LES TRAGÉDIES DE LA MINE

Dans les territoires miniers de l'Europe industrielle règne la hantise de l'accident individuel, de la maladie ou de la catastrophe que peut déclencher le «coup de grisou». A la fois inflammable et inodore, cet hydrogène carboné dégagé par la houille, lorsqu'il rencontre la moindre étincelle, ne laisse aucune chance aux hommes travaillant dans les galeries à plusieurs centaines de mètres sous terre.

Le 10 mars 1906, à Courrières, ville minière du Pas-de-Calais en France, un coup de grisou provoque la mort de 1219 mineurs parmi les 1800 se trouvant alors au fond! Les équipes de secours locales, l'aide des pompiers venus de Paris et d'équipes spécialisées accourues de Westphalie allemande ne permettent de sauver qu'une quinzaine de rescapés. Passé le temps de la stupéfaction, de l'angoisse, de l'abattement vient celui de la colère envers les ingénieurs et les responsables de la compagnie propriétaire de la mine, accusés

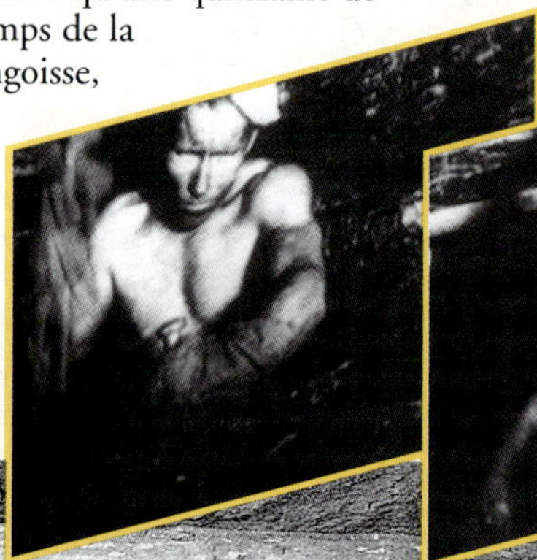

Un monde hostile et violent
Dans l'obscurité des puits, l'humidité et la chaleur sont partout présentes. Sur le front de taille, le «piqueur» ▼ abat le charbon, ensuite transporté sur des wagonnets avant d'être remonté vers la surface pour le triage. Le boisage des galeries est l'œuvre d'hommes d'expérience, souvent d'anciens abatteurs ◄. Si la généralisation de l'aération, puis de l'électricité après 1900 facilite le travail, les conditions d'extraction en sont peu modifiées. Le contremaître dirige le travail de 30 à 60 hommes. Il dépend lui même de «Monsieur l'Ingénieur» incarnant le pouvoir des actionnaires.

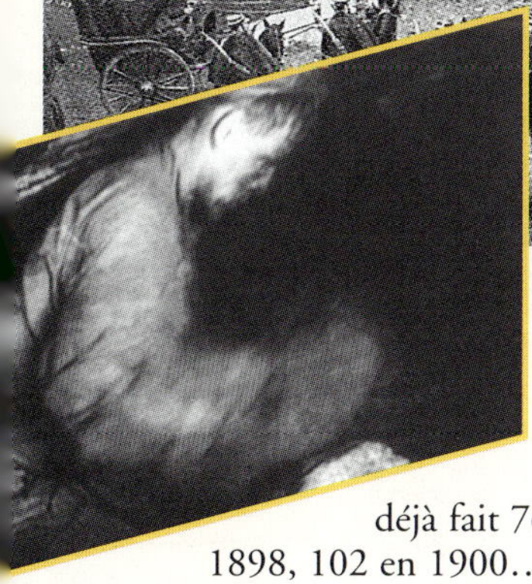

de négligence, d'impéritie dans les mesures de sécurité et de mépris pour la vie des mineurs (dans le Nord et le Pas-de-Calais, la mine avait déjà fait 76 victimes en 1896, 84 en 1898, 102 en 1900…). L'enterrement des victimes tourne à l'émeute puis à la grève sur tout le bassin houiller. Près de 50 000 mineurs arrêtent le travail et le gouvernement envoie 25 000 soldats pour rétablir l'ordre. Après deux mois de grève, sans salaire et, malgré un vaste mouvement de solidarité organisé par la CGT, menacés d'expulsion de leurs logements par la compagnie propriétaire, la rage au cœur, les mineurs doivent reprendre le chemin du carreau de la mine.

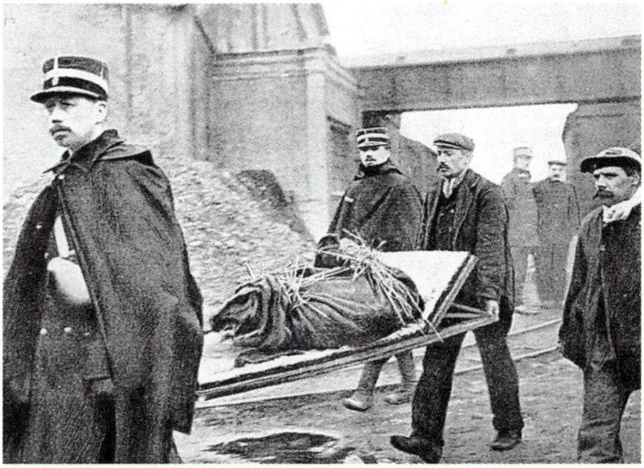

Un danger permanent
La catastrophe de Courrières en 1906 ▲▼ fait connaître au monde tous les dangers de la mine : coup de grisou, rupture de câble, éboulement ou inondation…

Saint-Pierre avant, Saint-Pierre après
Selon le témoignage du survivant de la catastrophe de la Martinique en 1902 ◄, «un grondement effroyable s'est fait entendre. Tout le monde criait. Cinq minutes plus tard c'était un silence affreux».

Un spectacle terrifiant
San Francisco dénombre, après la catastrophe ▼, 250 000 sans-abri et la loi martiale est instaurée pour éviter les pillages.

Alors que de multiples signes laissaient supposer depuis plusieurs jours un danger d'éruption volcanique, la ville de Saint-Pierre, au bas du volcan de la montagne Pelée dans l'île de la Martinique, s'éveille presque normalement au matin du 8 mai 1902. En ce dimanche d'élections importantes pour la classe politique locale, aucune autorité n'ose prendre la décision de faire évacuer les lieux.

A 8 h 02, pendant qu'une foule nombreuse est rassemblée dans l'église, une explosion assourdissante se produit et une nuée ardente de cendres brûlantes enveloppées de vapeur d'eau recouvre la ville. En moins d'une minute, 27 000 personnes périssent sous les yeux horrifiés des marins des navires amarrés au large. Le seul survivant, un prisonnier incarcéré, ne doit la vie sauve qu'à l'épaisseur des murs de sa cellule.

Quatre ans plus tard, le 18 avril 1906, c'est une agglomération bien plus considérable qui est rasée par un tremblement de terre suivi par un gigantesque incendie. En quelques heures, San Francisco est détruit, 28 000 immeubles dressent leurs carcasses calcinées ou se réduisent à des amas de pierre. La catastrophe fait plus de 1 000 victimes. Chiffre qui apparaît bien modeste par rapport à la tragédie qui touche l'Italie du Sud, l'année suivante, le 28 décembre 1908. L'un des plus terrifiants tremblements de terre du XXe siècle touche les villes de Reggio de Calabre et de Messine, où l'on relève, dans cette seule cité, 84 000 morts! Au total, pour la région bordant le détroit entre la péninsule italienne et la Sicile, le nombre des victimes dépasse la centaine de milliers.

Au secours des victimes
En décembre 1908, des secours parviennent de toute l'Europe vers le sud de l'Italie : les médecins accourent, vivres et vêtements affluent ▲.

► 1900

14 janvier : Italie. Première représentation de la *Tosca*, de Puccini, à Rome.
13 mars : Afrique du Sud. Paul Kruger déclare que l'Etat libre d'Orange fait partie de la République d'Afrique du Sud. ***34***, **35**
15 mars : France. Sarah Bernhardt interprète *L'Aiglon*, d'Edmond Rostand.
24 mars : Chine. Des émeutes anti-occidentales, dirigées par la secte des Boxers, éclatent à travers toute la Chine. **26**
30 mars : Empire ottoman. L'archéologue britannique sir Arthur John Evans entame les fouilles de Cnossos, en Crète.
9 avril : Afrique du Sud. Victoire des Boers à Kroonstadt.
14 avril : France. Inauguration de l'Exposition universelle à Paris. ***86***, **102**, **110-111**
14 mai : France. Ouverture des IIe jeux Olympiques à Paris. **136**
24 mai : Afrique du Sud. Annexion de l'Etat libre d'Orange par la Grande-Bretagne.
31 mai : Afrique du Sud. Les troupes britanniques prennent Johannesburg tandis que les Boers se replient sur Pretoria.
14 juin : Chine. Les Boxers encerclent Pékin, isolant les légations étrangères.
20 juin : Chine. L'ambassadeur d'Allemagne, von Kettler, est assassiné à Pékin. Début du siège des légations étrangères.
2 juillet : Allemagne. Le comte Ferdinand von Zeppelin effectue son premier vol à bord du dirigeable *LZ 1*. ***104***
19 juillet : France. Inauguration de la première ligne du « métropolitain ». **102-103**
29 juillet : Italie. Humbert Ier, roi d'Italie, est assassiné à Monza par un anarchiste. **60**
14 août : Chine. Un corps expéditionnaire rassemblant les troupes de huit nations brise le siège le Pékin et libère les légations. **26**
1er septembre : Afrique du Sud. Annexion du Transvaal par la Grande-Bretagne.
20 septembre : Italie. Dissolution des Etats de l'Eglise à l'occasion des célébrations du 25e anniversaire de la libération de Rome.
7 novembre : Etats-Unis. Le président McKinley est réélu.
12 novembre : France. Clôture de l'Exposition universelle de Paris. **111**

► 1901

22 janvier : Grande-Bretagne. Mort de la reine Victoria. **50-51**
23 janvier : Grande-Bretagne. Edouard VII roi d'Angleterre. **52**
27 janvier : Italie. Mort de Giuseppe Verdi. **118**, ***119***
21 février : Cuba. Proclamation de la république. **44**
24 juin : France. Première exposition du peintre Pablo Picasso, à la galerie Vollard, à Paris.
1er juillet : France. Loi, dite de 1901, réglementant le statut des associations, et notamment des congrégations religieuses. **55**
6 septembre : Etats-Unis. Assassinat du président McKinley par un anarchiste. Le vice-président Theodore Roosevelt lui succède. **47**
9 septembre : France. Mort du peintre Toulouse-Lautrec.
10 décembre : Suède. Première attribution des prix Nobel. Le Français Sully Prudhomme reçoit celui de littérature, l'Allemand Wilhelm Conrad Röntgen, celui de physique.

► 1902

16 janvier : Empire ottoman. L'Allemagne emporte la concession pour construire la voie ferrée reliant Bagdad à Konia. **80**
15 février : Allemagne. Mise en service du métro berlinois.
7 mars : Afrique du Sud. Victoire des Boers à Twesboch.

15 avril : Irlande. L'état d'urgence est décrété par les Britanniques.

8 mai : France. Eruption de la montagne Pelée, à la Martinique, qui raye la ville de Saint-Pierre de la carte et cause 40 000 victimes. **146-147**

31 mai : Afrique du Sud. Signature du traité de Vereeniging. Les républiques boers du Transvaal et d'Orange deviennent des colonies britanniques.

23 juin : Allemagne. Reconduction de la Triplice, alliance entre l'Allemagne, l'Autriche-Hongrie et l'Italie.

27 juin : France. Décret Combes, ordonnant la fermeture des écoles des congrégations n'ayant pas reçu d'autorisation.

15 juin : Italie. Effondrement du Campanile de Venise.

9 août : Grande-Bretagne. Couronnement d'Edouard VII. **123**

29 septembre : France. Mort de l'écrivain Emile Zola. **124**, ***125***

► 1903

22 janvier : Etats-Unis. Le président Roosevelt expose au Sénat le traité Haye-Herran, offrant à la Colombie l'achat d'une concession de 100 ans sur l'isthme de Panamá afin d'y construire un canal transocéanique.

8 mai : îles Marquises. Décès du peintre Paul Gauguin. **142**

11 juin : Serbie. Assassinat d'Alexandre Ier, roi de Yougoslavie, et de sa femme par des officiers libéraux. Le prince Karadjordjevic lui succède sous le nom de Pierre Ier. **78**, ***79***

19 juillet : France. Premier Tour de France cycliste. **138-139**

20 juillet : Vatican. Mort du pape Léon XIII. **62**

11 août : France. Incendie dans le métro parisien : 84 morts. **103**

12 août : Colombie. La Colombie refuse de ratifier le traité Haye-Herran sur le canal de Panamá.

12 août : Russie. Le tsar Nicolas II annonce la création d'un protectorat russe en Extrême-Orient et envoie des troupes en Corée.

3 novembre : Panamá. Appuyés par des navires américains, des officiers proclament la sécession de l'isthme de Panamá de la Colombie et son indépendance. **44**

18 novembre : Panamá. Signature d'un traité accordant aux Etats-Unis l'administration d'une zone de 10 miles afin d'y réaliser la construction d'un canal reliant le Pacifique à l'Atlantique.

10 décembre : Suède. Henri Becquerel, Pierre et Marie Curie, prix Nobel de physique. ***88***

17 décembre : Etats-Unis. Les frères Wright réussissent le premier vol sur un biplan à moteur. **96**

► 1904

2 janvier : Namibie. Soulèvement de la tribu des Hereros contre la domination coloniale allemande.

13 janvier : Japon. Avertissement japonais à la Russie sur la question mandchoue.

7 février : Etats-Unis. La ville de Baltimore est détruite par un incendie.

8 février : Chine. La flotte russe ancrée à Port-Arthur subit une attaque surprise japonaise. **70**

10 février : Japon. Le Japon déclare la guerre à la Russie.

23 février : Japon. Signature d'un traité d'alliance avec la Corée.

5 mars : France. La cour criminelle décide la révision du procès Dreyfus.

8 avril : France/Grande-Bretagne. Signature de l'Entente cordiale. ***53***, **54**

18 avril : France. Fondation du journal *L'Humanité* par Jean Jaurès.

30 avril : Etats-Unis. Inauguration de l'Exposition universelle de Saint Louis. **104**

10 mai : Grande-Bretagne. Mort de l'explorateur sir Henry Morton Stanley.

26 mai : Chine. Les troupes japonaises encerclent Port-Arthur.

14 juin : Chine. Les troupes russes échouent à briser l'encerclement de Port-Arthur.

16 juin : Finlande. Assassinat du gouverneur russe Bobrikov.

1er juillet : Etats-Unis. Ouverture des IIIe jeux Olympiques à Saint Louis.

15 juillet : Russie. Mort de l'écrivain Anton Tchekhov.

10 août : Chine. Défaite navale russe devant Port-Arthur.

11 août : Namibie. Les troupes allemandes écrasent la révolte des Hereros.

20 septembre : Etats-Unis. A bord du *Flyer II*, les frères Wright réussissent à parcourir 1 km. **96**

21 septembre : Serbie. Couronnement de Pierre Ier Karadjordjevic. ***79***

3 octobre : Namibie. Révolte des Hottentots contre l'Allemagne.

8 novembre : Etats-Unis. Réélection du président Theodore Roosevelt.

28 novembre : Namibie. Les Allemands écrasent les Hottentots.

10 décembre : Suède. Le Russe Ivan Pavlov prix Nobel de médecine.

► 1905

2 janvier : Chine. Port-Arthur se rend aux Japonais. **70**

22 janvier : Russie. A Saint-Pétersbourg, la troupe tire sur une manifestation pacifique d'ouvriers devant le palais d'Hiver. Un millier de manifestants sont tués lors de ce « Dimanche rouge ». **74**

17 février : Russie. Le grand-duc Serge, gouverneur de Moscou, est assassiné par un socialiste révolutionnaire. **74**

21 février : Chine. Bataille de Moukden entre Russes et Japonais.

10 mars : Chine. Défaite russe à Moukden.

24 mars : France. Mort de Jules Verne.

31 mars : Maroc. Discours de l'empereur d'Allemagne Guillaume II à Tanger. **34**, ***35***

26 avril : France. Fondation de la SFIO.

27 mai : Chine. La flotte russe de la Baltique est détruite par l'escadre japonaise à Tsushima. **70**, ***71***, **72-73**

30 mai : Maroc. Le sultan convoque une conférence internationale sur le Maroc.

7 juin : Allemagne. Fondation du groupe artistique Die Brücke.

7 juin : France. Le commandant Charcot regagne la France après son exploration de l'Antarctique.

19 juin : Vatican. Le pape Pie X autorise les catholiques italiens à participer à la vie politique.

25 juin : Pologne. Grève et violents affrontements entre mineurs polonais et soldats russes à Lodz, Varsovie et Czestochowa.

29 juin : Russie. Mutinerie des marins du cuirassé *Potemkine*. **74**, **76-77**

19 août : Russie. Nicolas II crée une assemblée consultative : la Douma. **74**

22 août : Pologne. Le gouverneur russe proclame l'état d'urgence devant la grève générale.

5 septembre : Etats-Unis. Signature du traité de Portsmouth instaurant la paix entre la Russie et le Japon. **47**, **70**

5 octobre : Etats-Unis. Nouvel exploit des frères Wright qui réalisent un vol de 38 minutes à bord du *Flyer III*. **96**

7 octobre : Russie. Grève générale contre l'autocratie du tsar dans tout le pays.

3 décembre : Pologne. Levée de l'état d'urgence.

9 décembre : France. Vote de la loi de séparation de l'Eglise et de l'Etat. ***54***, **55**, **63**

► 1906

16 janvier : Espagne. Ouverture de la conférence internationale d'Algésiras sur le Maroc. **34**, ***35***, **47**

17 janvier : France. Armand Fallières élu président de la République.

11 février : Vatican. Le pape Pie X dénonce la séparation de l'Eglise et de l'Etat en France dans l'encyclique *Vehementer nos*. **63**

10 mars : France. Catastrophe minière à Courrières : 1 200 morts. **144-145**

18 avril : Etats-Unis. San Francisco est détruit par un tremblement de terre et par l'incendie qu'il provoque. ***146***, **147**

31 mai : Espagne. Attentat manqué contre le roi Alphonse XIII à Madrid. ***65***

12 juillet : France. Réhabilitation d'Alfred Dreyfus.

25 août : Russie. Attentat contre le président du Conseil, Stolypine.

12 octobre : Namibie. Les troupes allemandes écrasent la révolte hottentote.

22 octobre : France. Mort du peintre Paul Cézanne. **142**, ***143***

10 décembre : Suède. Theodore Roosevelt prix Nobel de la paix.

► 1907

20 mars : Maroc. La France occupe Oujda.

12 mai : France. Manifestations des viticulteurs du Languedoc. ***55***

9 juin : France. 500 000 vignerons manifestent à Montpellier. ***55***

16 juin : Russie. Le tsar Nicolas II dissout la Douma. 74

22 juin : France. Mutinerie du 17ᵉ régiment de ligne chargé de réprimer les manifestations de vignerons à Béziers.

29 juin : France. Loi réglementant la chaptalisation du vin. ***55***

Juillet : France. Picasso peint *Les Demoiselles d'Avignon.* **143**

4 août : Maroc. La France envoie des troupes à Casablanca et Tanger.

10 août : France. Le prince Scipion Borghèse arrive à Paris, vainqueur du rallye automobile Pékin-Paris. **93**

6 décembre : Belgique. Signature du traité de cession du Congo à la Belgique.

10 décembre : Suède. Rudyard Kipling prix Nobel de littérature.

► 1908

1ᵉʳ février : Portugal. Le roi Charles Iᵉʳ et le dauphin Luis Filipe sont assassinés à Lisbonne. **65**

8 mai : France. Le général Lyautey nommé haut-commissaire du gouvernement au Maroc.

21 juin : Grande-Bretagne. Manifestation des suffragettes à Londres. **130**

3 juillet : Empire ottoman. Début de la révolution jeune-turque. **81**

13 juillet : Grande-Bretagne. Ouverture des IVᵉ jeux Olympiques à Londres.

12 août : Etats-Unis. Sortie de la Ford T. **12, 94-95**

5 octobre : Autriche-Hongrie. Vienne annexe la Bosnie-Herzégovine. **79**

5 octobre : Bulgarie. Ferdinand de Bulgarie proclame l'indépendance de la Bulgarie.

6 octobre : Empire ottoman. Les autorités crétoises annoncent leur décision de quitter l'Empire ottoman et de rattacher la Crète à la Grèce.

3 novembre : Etats-Unis. Election du président républicain William Howard Taft.

14 novembre : Chine. Décès de l'empereur Guanxu.

28 décembre : Italie. Messine et Reggio de Calabre sont détruits par un tremblement de terre qui provoque 100 000 victimes. **147**

► 1909

5 janvier : Colombie. La Colombie reconnaît l'indépendance du Panamá.

18 avril : Vatican. Béatification de Jeanne d'Arc.

27 avril : Empire ottoman. Le sultan Abdülhamid II est déposé par un putsch militaire qui place Mehmet V à la tête de la Sublime Porte. **81**

27 avril : Arctique. L'explorateur américain Robert Peary affirme avoir rallié le pôle Nord le 6 avril. **90-91**

25 juillet : France-Angleterre. Louis Blériot traverse la Manche. **98-99**

17 décembre : Belgique. Mort de Léopold II. **66**

23 décembre : Belgique. Albert Iᵉʳ couronné troisième roi des Belges. **66**

Cet index regroupe les principaux personnages cités dans l'ouvrage. Les biographies développées correspondent à ceux qui ont eu un rôle éminent durant la décennie. Certaines mentions seront développées dans des décennies à venir.

► A

► B

► C

► H

► J

► K

► L

► M

► W

► Y

► Z

Michel Pierre est agrégé d'histoire, licencié d'histoire de l'art et d'archéologie. Auteur de nombreux ouvrages sur le XXe siècle, il a exercé les fonctions de maître de conférences à l'Institut d'études politiques de Paris, d'attaché culturel près l'ambassade de France à Alger et de directeur de l'Institut français de Florence. Il est aujourd'hui directeur général des affaires culturelles de la ville de Bordeaux.

CRÉDITS PHOTOGRAPHIQUES ET REMERCIEMENTS

Toutes les images proviennent des archives de la cinémathèque Gaumont, excepté 14, 34-35, 53h, 60 h, 91h (London Illustrated News, coll. part), 10-11b, 12h, 16, 23h, 24h, 25h, 26-27 m, 31, 32, 33h, 44h, 45, 50-51, 53h, 54b, 55h, 56b, 57b, 60b, 61h, 62, 63h, 64, 65b, 66h, 67h, 67m, 76-77, 78h, 79h, 81, 86b, 87, 90-91, 96h, 103h, 109h, 113h, 119 h, 123h, 142, 144b, 145h, 145b, 146h, 147 (L'Illustration, archives Gallimard), 40h, 86b, 88h, 109m, 109b, 120h, 120b, 125m, 143m, 143b (D.R), 106b et 113b (Archives Herald Tribune, coll. part) et 138-139 (Archives Serge Laget).

L'auteur et l'éditeur remercient particulièrement Martine Offroy, directrice du patrimoine Gaumont, Manuela Padoan, responsable de la cinémathèque Gaumont et son équipe - Agnès Bertola, Sandrine Pelcar, Roger Descamps et Bruno Polsineli - ainsi que Sébastien Deleau pour l'aide qu'ils ont apportée. L'éditeur remercie également Isabelle de Latour, Jean-Marie Brézillon, Alban Cerisier et Pierre Ysmal.

ÉDITION ET FABRICATION

UNE AUTRE HISTOIRE DU XXe SIÈCLE
DIRECTION : Pierre Marchand et Elisabeth de Farcy.
COORDINATION GÉNÉRALE : Elisabeth Le Meur.
GRAPHISME : Alain Gouessant.
PROMOTION & PRESSE : Valérie Tolstoï.
FABRICATION : Nadège Grézil.
SUIVI DE PRODUCTION : Madeleine Gonçalves.

DE L'ACTUALITÉ À L'HISTOIRE
1900-1910
Une presque belle époque
RÉDACTION DE LÉGENDES : Julien Winock.
DOCUMENTALISTES : Vincent Huguet et Antoine Susini.
MAQUETTE : Valentina Leporé.
LECTURE-CORRECTION : Catherine Lévine et Pierre Granet.
PHOTOGRAVURE : W Di Gamma.

Dépôt légal : février 1999
ISBN : 2-07-053464-2
Numéro d'édition : 87642
Imprimerie Editoriale Lloyd, Italie

Réalisé avec le concours de Gaumont et du Mémorial de Caen